BoD
BOOKS ON DEMAND

AF199416

Das Buch

Die junge Kosovarin Jana wird von einem dubiosen Fotografen mit vagen Versprechungen nach Hamburg geschickt, um dort für eine Modellagentur Fotos zu machen. Sie gerät in die Fänge des berüchtigten Zuhälters Shaddow, der Jana zwingt auf dem Kiez anschaffen zu gehen. Sie will sich nicht mit dem Schicksal abfinden und unterschlägt immer wieder etwas von dem Geld, dass sie von ihren Kunden bekommt. Shaddow überrascht sie eines Abends alleine in der Wohnung, die sich Jana mit einer Prostituierten teilt. Er schlägt Jana brutal zusammen und droht sie umzubringen, wenn sie versucht abzuhauen. Jana ist total am Ende. Sie lässt sich aber trotzdem von ihrer Mitbewohnerin Babsi überreden, auf eine Geburtstagsfete von einem Freier mit zu kommen. Dort lernt sie den Versicherungsvertreter Marco kennen, der gerade seinen Job verloren und am selben Tag die Ehefrau mit einem jungen Typ im Bett erwischt hat. Das ist der Beginn einer abenteuerlichen Liebesgeschichte und Flucht quer durch Norddeutschland, vor den Bodyguards des Zuhälters.

Der Autor

Kai-Uwe Wedel legt erstmals ein spannendes Liebesabenteuer vor. Er hat bereits mehrere Bücher veröffentlicht und ist zudem auch als Schauspieler aus diversen Web-Serien und TV-Filmen in Schleswig Holstein bekannt. Gleichzeitig hat er auch schon als Filmemacher seine Fans mit der Krimi-Farce „Die Tote im Unterholz" überrascht. Das Drehbuch schrieb er selbst und die Hauptrolle spielte er ebenfalls. Der Film lief 2015 erfolgreich in einigen ausgewählten Programm-Kinos. Schreiben ist dennoch eine Passion und besonderes Talent, dem er sich gerne widmet, wenn er nicht gerade für ein Filmprojekt vor der Kamera steht.

Kai-Uwe Wedel

PIMP MY FRIEND

Romantische
Abenteuergeschichte

BoD Taschenbuch

Bibliographische Informationen der Deutschen Nationalbibliothek:
Die DeutscheNationalbibliothek verzeichnet diese Publikation in der
Deutschen Nationalbibliothek; detaillierte bibliographische Daten
sind im Internet über http://dnb.dnb.der abrufbar.

Für die Originalausgabe
Copyright ©2017 Kai-Uwe Wedel
Nach Charakteren von Leo Leiser
Herstellung und Verlag
BoD-Books on Demand, Norderstedt
Umschlaggestaltung: K.U.Wedel
Printed in Germany
ISBN: 978-3-7448-1025-8

Die in diesem Buch vorkommenden Personen und verwendeten Namen sind fiktiv. Jegliche Ähnlichkeit mit realen Begebenheiten sind rein zufällig, aber vom Autor dennoch beabsichtigt!

PROLOG

Balkan, Kosovo, Pristina – klang selbst für die meisten Serben nicht nach besonders viel Spaß, und noch vor weniger als zwanzig Jahren war das auch keineswegs der Fall. Natürlich war der Kosovo den meisten Europäern nur durch Negativschlagzeilen aus diversen Medien ein Begriff. Darin drehten sich die hauptsächlichen Assoziationen um die ethnischen Säuberungen, Bürgerkriege, Flüchtlinge und Armut.

Wenn Jana an diese Zeit zurück dachte, waren das für sie keine Schlagzeilen oder Bilder, die über irgendeinen Bildschirm flimmerten. Sie und ihre Familie hatten diese schrecklichen Jahre am eigenen Leib erfahren müssen.

Aber jetzt war sie erwachsen. Ihr Heimatland erholte sich langsam von einem Krieg, in dem es nach der Auflösung Jugoslawiens um die Besitzansprüche einer Großmacht ging, welche nach dem Fall des *Eisernen-Vorhangs* für einige Zeit keine mehr war.

Jana wollte es an ihrem einundzwanzigsten Geburtstag ordentlich krachen lassen und hatte sich mit ein paar Freunden in dem angesagten Duplex Club in Pristina zum Feiern verabredet.

Sie war am frühen Abend mit dem Bus in das Stadtzentrum gefahren und ging gemütlich auf der Luan Haradinaj, einem großen Boulevard entlang. Einige Geschäfte waren noch geöffnet. Jana begutachtete neugierig ein paar T-Shirts, billigen Schmuck, und mit Pailletten besetzte Gürtel. Andere Läden verkauften Taschen und hauchdünne, bunte indische Schals. Als sie am Athletik-Center vorbeikam, sah sie ein paar Straßenhändler mit dreckigen Kötern, die mit einladenden Gesten vorbeigehende Passanten auf sich aufmerksam machten, um gestohlenen Schmuck, oder geklaute Uhren feilzubieten. Sie standen auf dem vom Regen reingewaschenen Boulevard und nutzten die Ahnungslosigkeit der Touristen aus, um ihre Ware an den Mann zu bringen.

Unweit des ehemaligen OSZE Gebäudes, gab es einen Menschenauflauf. Dort warteten viele Gäste vorm *Duplex Club* auf Einlass. Die jungen Leute in ihrem Alter kamen am Wochenende aus den umliegenden Bezirken Pristina´s in die Stadt um Party zu machen und wurden von dieser Diskothek magnetisch angezogen.

Die Türsteher nahmen ihre Aufgabe sehr ernst und unterzogen jeden Besucher einer Gesichts- und Leibes-Kontrolle. Es waren große Typen !!

Als Jana endlich dran kam, wurde sie zu ihrer Verwunderung von einem breitschultrigen und kräftigen Hünen einfach durchgewunken.

Sie war sofort überwältigt. Innen war alles in Neon-blau und Lila ausgeleuchtet. Die Disco war proppenvoll. An einem langen Bartresen tummelten sich smarte Jungs im Anzug, um ein paar Drinks oder Cocktails zu bestellen.

Die Mädels hatten kurze Röcke an, oder trugen moderne knallenge Levis. Die cooleren Typen gingen mit schwarzen Lederjacken und teuren goldenen Uhren auf die Piste.

In einer Ecke wirkte eine kleine Gruppe Punks im morbiden Outfit ziemlich fehl am Platz. Sie trugen schweren Halsketten und Bluejeans mit Löchern über den Knien.

Auf einem Podium stand ein DJ an seinem Pult und legte abwechselnd Elektro- oder Techno-Musik auf. Links und rechts von ihm strahlten grünlich-blaue Laser auf die Tanzfläche.

Jana machte ein Bogen um die volle Tanzfläche und ging auf die gegenüberliegende Seite der Bar. Dort befanden sich entlang der Rückwand aneinander gereihte rot-gepolsterte Couchs, mit langen weißen Tischen davor.

Endlich traf sie ein paar von ihren Freunden, die sie herzlich begrüßten und ihr gratulierten.

Von ihnen wurde sie sofort zu einem Cocktail eingeladen. Danach dauerte es nicht mehr lang, bis auch Jana auf die Tanzfläche ging, um zu der Computer-animierten Techno-Musik und den stampfenden Bässen mit allen möglichen Jungs zu tanzen.

Jana ließ sich von der ekstatischen Musik mit-reißen. In der lockeren Atmosphäre mit vielen jungen Menschen um sie herum, wurde Jana plötzlich von einem Typ angesprochen, der ihr jede Menge Komplimente über ihr attraktives Aussehen machte.

Das war für Jana nichts ungewöhnliches, denn sie war schlank, mit einer schönen Oberweite ausgestattet und hatte blonde lange Haare, die ihr weit über die Schulter fielen. Manchmal ließ sie sich auf ein Abenteuer mit einem Studenten ein, weil sie sich noch nicht fest binden wollte. Der Typ war allerdings schon etwas älter und passte nicht wirklich in die Szene. Sie ließ ihn einfach abblitzen und dachte für den Rest des Abends nicht mehr an die Begegnung.

Als Jana irgendwann ziemlich erschöpft vom Tanzen an der Bar auf einem Hocker saß und gerade einen Cocktail bestellten wollte, gesellte sich der Mann neben sie auf einen freien Platz. Er lud sie ein und erzählte ihr freimütig, dass er als Photograf für ein renommiertes Modelabel arbeiten würde und ständig auf der Suche nach neuen Gesichtern und Talenten sei. Jana konnte kaum glauben, als er sie zu einem Fotoshooting in seinem Atelier einlud. Er drückte ihr eine Visitenkarte in die Hand und verschwand dann genauso so schnell, wie er aufgetaucht war.

Jana behielt das kleine Geheimnis für sich. Es fühlte sich an, wie ein Wink des Schicksals. Sie träumte in der Nacht von Paris, wie sie dort als Modell auf dem Laufsteg sündhaft teure Mode der Highsociety vorführte.

Am nächsten Tag erfasste sie die Vorfreude auf eine schicksalhafte Wendung in ihrem Leben. Sie probierte Kleider an und stolzierte vor dem Spiegel wie eine Diva herum. Schließlich begab sie sich wenig später in den südlichen Teil von Pristina. Sie ging ein paar mal um das Gebäude herum, nicht nur um sich zu vergewissern, das sie sich auch wirklich nicht in der Adresse irrte. Es war ein luxuriöser Neubau. Sie wollt gleichzeitig noch etwas frische Luft schnappen, in der Hoffnung, dass sich dadurch die Aufregung bei ihr etwas legte.

Der Fotograf empfing sie kurz darauf mit einer überschwänglichen Freundlichkeit. Soweit Jana dies beurteilen konnte, befand sie sich in einem professionell ausgestatteten Atelier. Er bot Jana Sekt an und zeigte ihr ein paar Bilder von sehr hübschen jungen Frauen, die angeblich schon alle als Modell Karriere gemacht hatten.

Jana war beeindruckt und gestand ihm, dass sie noch nie vor einer Kamera posiert hatte und ziemlich aufgeregt sei. Der Fotograf machte ihr Sektglas gleich nochmal randvoll, wodurch das Lampenfieber langsam abnahm und sie etwas lockerer wurde. Danach folgte sie ihm in einen Umkleideraum. An der Garderobe hingen viele schöne Röcke, Hosenanzüge, Pluderhosen und lange fließende Gewänder.

Der Fotograf ermutigte sie anzuziehen, was ihr gefiel und verließ die Umkleide. Jana entschied sich für einen Hosenanzug mit blanker Taille. Schließlich begann der Fotograf, Bilder in allen möglichen Posen von ihr zu schießen. Dabei spornte er sie an, sich zu entspannen und ganz natürlich zu geben. Er gab ihr Anweisungen, wie sie stehen und welchen Gesichtsausdruck er sehen wollte.

Nach einer halben Stunde forderte er sie dazu auf, den modischen Hosenanzug auszuziehen. Jana zögerte und sah ihn misstrauisch an. Er machte ihr klar, dass er lediglich ihre Figur und Proportionen, für die Kartei einer Modeagentur in Deutschland ablichten müsse. Jana ließ sich überreden und stand kurz darauf nur noch im dünnen Slip vor der Kamera. Dann wollte er noch Profilaufnahmen machen. Dafür sollte sie sich seitlich hinstellen. Jana legte ihre rechte Hand auf die Hüfte. Mit der linken Hand bedeckte sie ihren Bauchnabel und machte ein Hohlkreuz, damit die Rundungen ihrer vollen Brüste besonders gut zur Geltung kamen.

Danach wechselte der Fotograf das Objektiv und schoss noch ein paar Closure´s von ihr. Er machte keine anzüglichen Bemerkungen oder Versuche, Jana begrabschen zu wollen.

Im Gegenteil, er lud sie wie ein Kavalier zum Essen in ein schickes Restaurant ein. Daraus wurde dann doch nichts. Er meldete sich erst spätabends telefonisch bei ihr Zuhause.

Jana hielt schnell eine Hand über die Muschel. Sie wollte vermeiden, dass ihre Eltern was von dem Gespräch mitbekamen und redete leise.

Der Fotograf sagte ihr, sie solle schon mal ihre Sachen packen. Er hatte die Bilder bereits an eine deutsche Agentur geschickt und die luden Jana zu einem Fotoshooting nach Hamburg ein. Er verriet ihr, dass es sich um eine einmalige Gelegenheit handeln würde und sie sich sofort entscheiden müsste. Wenn sie das Angebot an -

nahm, solle sie sich schon am folgenden Tag in der Frühe an dem Internationalen Flughafen in Pristina einfinden. Dort hatte man bereits ein Flugticket an dem Schalter von Ryanair für sie hinterlegt. Die Terminals waren ungefähr drei Flugstunden von Frankfurt entfernt, und dort hatte man einen Direktflug nach Hamburg für sie gebucht.

Jana überlegte nicht lange und willigte ein. Sie kratzte ihr letztes Taschengeld zusammen und schlich sich am nächsten Tag mit einem Koffer und etwas Handgepäck aus der elterlichen Wohnung. Sie fuhr mit dem Bus nach Pristina ins Stadtzentrum. Dort nahm sie sich ein Taxi. Es brauchte von dort bis zu dem neunzehn Kilometer entfernten Flughafen knapp dreißig Minuten. Dort angekommen, ging sie sofort in den Bereich für Abflüge und holte sich an dem Schalter der Airline ihr Ticket ab. Sie hatte ein schlechtes Gewissen, weil sie ihren Eltern von dieser Exkursion nichts erzählt hatte.

Sie befürchtete, dass ihr Vater kein Verständnis für ihr Verlangen nach der großen weiten Welt hatte, und sie mit Sicherheit aufhalten würde. Außerdem wollte sie vermeiden, dass sich ihre Mutter allzu große Sorgen machte.

Jana wollte die große Herausforderung alleine

meistern. Sie konnte ja ihre Eltern dann später von einem Hamburger Luxushotel aus anrufen, wo die Modeagentur für sie schon ein Zimmer reserviert hatte. Sie war so aufgeregt, dass sie ihr Handy Zuhause hatte liegenlassen, was sie im Nachhinein zutiefst bereuen sollte.

KAPITEL 1

Eigentlich war es ein ganz normaler Arbeitstag. Die tägliche Routine in einem Großraumbüro bei einer Versicherungsgesellschaft war nichts Aufregendes. Marco bearbeitete die Akten mit trübsinniger Gelassenheit, fast wie ein Bestatter beim einbalsamieren von Leichen, dem klar ist, dass sich die Toten nicht beklagen können.

Das Bürokratie-Monster musste nur regelmäßig gefüttert werden, dann landete am Monatsende ein ordentlicher Gehaltscheck auf dem Konto. Allerdings brodelte es seit geraumer Zeit in der Gerüchteküche seiner Kollegen.

Der Vorstand hatte angeblich bei der letzten Tagung Optimierungsmaßnahmen beschlossen. Die Angestellten befürchteten, dass einige von ihnen weg-rationalisiert werden könnten. Alle machten sich große Sorgen um ihren Job.

Die Finanzkrise war noch nicht überstanden. Die Manager griffen immer wieder gern in das Federkästchen und holten den Rotstift raus.

Marco war sofort misstrauisch, als man ihn in die Personalabteilung bestellte. Er arbeitete seit drei Jahren in der Kartellabteilung und wusste, dass er die letzte Fortbildung zum Arschloch verpasst hatte. Die Personalchefin musterte ihn mit eiskalter Miene. Noch bevor er sich setzten konnte, hielt sie ihm seine Entlassungspapiere kaltblütig unter die Nase, als wollte sie sagen: „Ach wie gut das niemand weiß, wen ich heute noch rausschmeiß!"

Sie gab ihm noch zu verstehen, dass er es nicht persönlich nehmen sollte, und er unverzüglich seinen Arbeitsplatz räumen müsse.

Kurz darauf öffnete sich die Bürotür. Der Typ von der Security begleitete Marco wie einen Verbrecher zu seinem Schreibtisch.

Einige Kollegen schauten verstohlen über die Trennwand ihres Büroabteils, während Marco wie in Trance seine persönliche Sachen in einen Karton packte. Als er zum Laptop griff, spürte er eine Hand auf seiner Schulter. Er drehte sich um und blickte in die stahlblauen Augen des Security Typen, den man seiner Meinung nach von der Tochterfirma in den Staaten requiriert hatte. Der Mann erinnerte ihn mit dem kurz geschorenen Bürstenhaarschnitt an einen Soldat von den Marines. Er würde ihn wahrscheinlich ohne zu zögern nach Guatamo bringen, falls er etwas mitnahm, das ihm nicht gehörte.

Als sich die Aufzugtür öffnete, musste er sich mit der blöden Pappschachtel regelrecht hinein quetschen. Fünf andere Leidensgenossen gaben sich Mühe ihm Platz zu machen, wobei sie ihre unhandlichen Kartons übereinander stapelten und ihn mitfühlend ansahen. Marco stellte seine Pappschachtel oben drauf und drückte schließlich die Taste für die Tiefgarage.

Er hatte seinen 3er-BMW heute zum Glück dort abgestellt und brauchte deshalb nicht wie die Kollegen im Erdgeschoss zur Vordertür raus-gehen, wo er möglicherweise noch anderen Mitarbeitern auf dem Parkplatz in die traurigen Augen hätte blicken müssen.

In dem verglasten Gebäude der Versicherung spiegelte sich die vertraute Kulisse des großen Hamburger Hafens, während Marco sein Auto durch die Ausfahrt manövrierte. Er konnte die Landungsbrücken und ein Containerschiff im Trockendock bei Bloom & Voss darin sehen.

Dann brauste er mit Vollgas auf die nächste Kreuzung zu, um die Ampel noch bei Grün zu schaffen. Er wollte jetzt einfach so schnell wie möglich nach Hause, um sich von seiner Frau Tanja trösten zu lassen.

Er versuchte sich auszumalen, wie sie auf seine plötzliche Entlassung reagieren würde, denn so was war ihm in den letzten sieben Ehejahren noch nicht passiert. Allerdings hatte sie sich gerade selbst eine Auszeit von ihrem Job als

Maklerin genehmigt. Darum erhoffte er sich ein wenig Verständnis für die schicksalhafte Lage. Marco lenkte sein BMW durch ein Wohnviertel, das nach Spießigkeit förmlich schrie. Er musste einer älteren Dame mit ihrem Dackel ausweichen, der gerade mitten auf der Straße sein Geschäft verrichtete. Kurz darauf bog er in eine Auffahrt ab und fuhr mit dem Wagen in den Carport eines Reihenhauses.

Als Marco den Pappkarton mit Habseligkeiten vom Arbeitsplatz auf dem Rücksitz ergreifen wollte, fiel sein Blick durchs Seitenfenster auf ein Rennrad. Es lehnte hinter den Mülltonnen an der Hauswand und gehörte ihm nicht.

Marco ließ den Karton wieder los und stieg aus dem Wagen. Er besah sich kurz das Rennrad. Es war neu und nicht angeschlossen. Er kratzte sich am Kopf und überlegte, ob Tanja das Rad für ihn vielleicht gekauft hatte, weil er ihrer Meinung nach ein bisschen Sport vertragen konnte. Er war zwar nicht dick, aber er hatte mal durchblicken lassen, dass er durch den Bürojob wenig Bewegung bekam. Sie hatte mal angedeutet, dass Marco in letzter Zeit beim Sex gerne eine bequeme Stellung einnahm und sie die ganze Arbeit machen musste. Es mangelte ihm zwar nicht an Phantasie, aber er mochte es, wenn sie auf ihm saß und er dabei ihre Nippel lutschen konnte. Beim Gedanken daran musste er schmunzeln und ging schnell zur Haustür.

Als er die Tür hinter sich zumachte, bemerkt er sofort, dass etwas nicht stimmte. Er stellte die Pappschachtel auf dem Schuhschrank ab, und ging durch den Flur ins Wohnzimmer.

Dort war niemand zu sehen. Er warf noch schnell einen Blick in die Küche. Tanja war anscheinend nicht da. Es sah auch nicht so aus, als hätte sie irgendetwas zum Mittagessen vorbereitet. Plötzlich hörte er ein merkwürdiges Geräusch und wurde stutzig.

Ein leises, undefinierbares Stöhnen, drang an seine Ohren. Er ging zurück in den Flur und sah argwöhnisch die Treppe hinauf. Erst jetzt bemerkte er ein arglos hingeworfenes T-Shirt von Tanja auf der oberen Stufe.

Marco schlich sich die Treppe hinauf in den ersten Stock. Dort lagen noch mehr Klamotten von ihr auf dem Boden herum. Er ging zögernd auf die Schlafzimmertür zu. Er hörte deutlich Tanja stöhnen. Die Tür war nur angelehnt.

Er drückte sie langsam auf und erblickte seine Frau beim Liebesspiel mit einem sportlich aussehenden Mann. Sie hielt in der Bewegung inne und sah Marco mit schuldbewusster Miene an.

»Marco? Das ist nicht das, wonach es aussieht.«
Marco blieb wie angewurzelt im Türrahmen
stehen und war sprachlos. Der Typ stieg von
Tanja runter. Er hatte ein stattliches Gehänge
und zog schnell die Bettdecke über seine Hüfte.
»Warum bist du schon so früh ... «, begann
Tanja und warf ihm ein konsternierten Blick zu.
Doch dann hielt sie inne, denn Marco´s Miene
verdunkelte sich zusehend.
»Willst du mir jetzt etwa die Schuld geben?«,
erwiderte Marco wütend.
»Nein Schatz – es war ein Unfall«, sagte Tanja
ausweichend mit verzweifelter Stimme.
Marco zog eine Augenbraue hoch und blickte
seine Frau vorwurfsvoll an.
»Du bist wohl gestolpert und Tarzan ist auf
dich drauf gefallen?!«
Marco hätte dem Typ am liebsten sogleich eine
ordentliche Abreibung verpasst. Aber neben
seiner Wut machte sich erneut das Gefühl von
Machtlosigkeit breit, welches ihm seit dem
Rausschmiss in den Gliedern steckte. Er machte
auf dem Absatz kehrt und rannte die Treppe
runter. Im Flur stach ihm der blöde Pappkarton
ins Auge. Oben drauf lag das eingerahmte Bild
seiner Frau. Er schnappte es sich und schmiss
es auf den Boden. Er stampfte wütend mit dem

Absatz in den Scherben und auf dem Konterfei herum. Danach verließ er das Haus, wobei die Tür hinter ihm krachend ins Schloss fiel. Als er in die Garage kam und die Autotür aufriss, fiel sein Blick wieder auf das Rennrad.

Marco ging um den BMW herum und griff sich das Rennrad. Er warf es kurzerhand aus der Garage in die Auffahrt. Dann stieg er in seinen BMW und legte den Rückwärtsgang ein.

Er setzte mit durchdrehenden Reifen zurück. Es rumpelte und knirschte kurz unter seinem Wagen. Er bremste abrupt und blickte über die Kühlerhaube. Der Drahtesel in seiner Auffahrt erinnerte nur noch entfernt an ein Rennrad. Er trommelte kurz mit den Fäusten auf's Lenkrad und fuhr ohne sich umzublicken auf die Straße. Danach trat er das Gaspedal voll durch und brauste mit quietschenden Reifen davon.

KAPITEL 2

Die Reeperbahn an einem sommerlich warmen Wochenende. Einige Reklametafeln leuchteten bereits in einem Potpourri aus buntem Kitsch über den Sex-Shops und belebten Kontakthöfen auf dem Kiez. Eine Menge potentieller Kunden und neugierige Touristen drängelten sich auf der Meile in allen möglichen Richtungen aneinander vorbei. Im Spielcasino und finsteren Spelunken herrschte ebenfalls schon ein reges Kommen und Gehen.

Auf dem Bürgersteig unweit der Davidwache, machten leicht bekleidete Frauen den vorbeigehenden Passanten zweideutige Angebote.

Jana stand lässig an eine Hauswand gelehnt. Die schönen Rundungen ihres formvollendeten Popos wurden durch die knappen roten Shorts hervorgehoben. Das aufreizende Top hatte ein tiefen Ausschnitt und lenkte den Blick auf ihre schönen Brüste. Sie hielt gelangweilt Ausschau nach Kunden. Ein junger Mann kam von der Hafenstraße in Richtung Kiez an ihr vorbei.

Jana nahm die Zigarette aus dem Mundwinkel und stieß sich von der Hauswand ab.

»Na Süßer, so einsam? Bleib doch mal stehen!«
Der Typ würdigte Jana keines Blickes und ging

einfach weiter. Jana folgte ihm und legte eine Hand auf seine Schulter, woraufhin der Mann kurz stehen blieb.

»Ich hab nicht genug Kohle, Baby.«

»Komm schon, zwanzig Euro für'n Handjob«, bot Jana ihm mit einem süßen Lächeln auf den Lippen ihre Dienste an.

»Vielleicht ein andern Mal, Schätzchen«, sagte der potentielle Kunde abwehrend und ging danach schnell weiter.

Jana stellte sich wieder an die Hauswand. Sie holte aus ihrem kleinen Gucci-Handtäschchen eine Schachtel mit Zigaretten und zündete sich entmutigt einen weiteren Glimmstängel an.

Plötzlich bog eine schwarz-metallic Mercedes-Limousine von der Reeperbahn auf die David-Straße ab. Der Fahrer stoppte den Wagen in unmittelbarer Nähe von Jana am Straßenrand. Sie beobachtete, wie ihre Freundin Babsi von dem Freier bezahlt wurde. Dann öffnete sie die Beifahrertür und stieg aus der Luxuskarosse.

Babsi rückte ihr silberfarbenes Top zurecht und ging daraufhin sofort zu Jana.

»Mein Gott, sind die heute geizig! Nicht mal fünf Euro Trinkgeld.«

Jana schaute ihre Freundin resigniert an und hielt ihr die Zigarettenschachtel unter die Nase.

Babsi nahm sich dankbar eine Zigarette aus der Packung. Jana griff in ihre Handtasche und gab ihr Feuer.

»Was für'n Wochenende. Haufenweise blöde Touristen und Gaffer«, sagte Jana genervt.

Sie bemerkte, wie sich ihre ohnehin schon stark strapazierten Nerven weiter anspannten und ihre Stimmungslage verdüsterten. Es war pure Hoffnungslosigkeit.

»Wie viele Kunden hattest du bis jetzt?«, fragte Babsi und machte eine besorgte Miene.

Sie wusste von den Stimmungsschwankungen, womit Jana immer häufiger zu kämpfen hatte, wenn sie auf dem Straßenstrich erfolglos um Kunden buhlte.

»Drei, aber ich mach jetzt Schluss«, antwortete Jana beiläufig.

Babsi nahm die Zigarette aus dem Mund und sah ihre Freundin überrascht an.

»Bist du verrückt? Die Nacht hat noch nicht mal angefangen und morgen ist Zahltag!«

Jana stieß sich von der Hauswand ab und trat die Zigarette auf dem Bürgersteig mit ihrem hohen Absatz der eng geschnürten roten Stiefel aus Gummilack platt.

»Ich hab heute kein Bock mehr, die Beine breit zu machen!«, entgegnete Jana gleichgültig und gab ihrer Freundin einen flüchtigen Kuss auf die Wange. Danach stiefelte sie einfach los.

»Dann lass dich aber bloß nicht von Shaddow erwischen«, rief Babsi ihr warnend hinterher.

Jana ging einfach weiter und entschloss sich, in einer Kellerspelunke ein Drink zu genehmigen. Natürlich war ihr klar, dass sie ein erhebliches Risiko einging, wenn sie jetzt schon den Strich verließ. Sie glaubte aber, den Druck aushalten zu können, den ihr Zuhälter sie ständig spüren ließ. Schließlich war sie anfangs mal sein bestes Pferdchen im Stall gewesen.

In ihrem Kopf kreisten seit einiger Zeit immer wieder dieselben Gedanken. Sie war nicht freiwillig zur Prostituierten geworden. Man hatte sie erst belogen und später übel misshandelt!

Als sie vor ein paar Monaten von dem hinterhältigen Fotografen nach Hamburg geschickt worden war, entwickelte sich der Traum von einer Modellkarriere schnell ins Gegenteil.

Das vermeintliche Luxushotel entpuppte sich als billige Absteige für Nutten mit ihren Freiern und sie hatte kein Geld für ein normales Hotel. Der schmierige Besitzer gab ihr ein Zimmer. In der Nacht tauchte plötzlich Shaddow mit den Bodyguards Lutscher und Beule auf. Shaddow vergewaltigte Jana und dann drohten die fiesen

Bodyguards eiskalt weiter zumachen. Shaddow verhinderte das zwar, aber er zwang sie für ihn auf den Strich zu gehen. Er versprach, wenn sie ihre Schulden beglichen habe, würde sie später genug Geld für ein Ticket von ihm bekommen, um zurück nach Hause fliegen zu können.

Jana hatte keine andere Wahl. Sie war alleine in einer fremden Stadt und hatte Angst. Shaddow brachte sie in eine Wohnung auf dem Kiez und dort lernte sie Babsi kennen. Die arbeitet schon länger für Shaddow als Prostituierte und führte sie in das Gewerbe ein.

Seitdem wohnte Jana mit Babsi zusammen. Sie hatten was gemeinsam. Sie träumte beide von einem anderen Leben. Nach einiger Zeit wurde die warnende Stimme in ihrem tiefsten Inneren immer lauter. Anfangs war es nur ein Flüstern vor dem Einschlafen. Dann hörte Jana sie öfter und wusste, wenn sie nicht bald etwas unternahm, würde ihr Schicksalsweg ein tragisches Ende nehmen, das unumkehrbar von ständiger Angst geprägt war und sie immer depressiver machte.

Bevor Jana mittags mit Babsi zum Straßenstrich aufbrach, hatte sie mit ihr darüber gesprochen. Sie erzählte Babsi, ihre Eltern würden glauben, dass sie als Modell arbeitet. Trotzdem traute sie sich nicht zum Telefon zu greifen, um ihnen zu sagen, dass es ihr nicht besonders gut ging. In ihren düstersten Momenten wollte sie mit ihrer Mutter über alles reden. Aber dann erkannte sie, wie verkorkst ihr Leben bereits war, oder schlimmer, wie verkorkst es in Zukunft noch werden könnte.

Babsi hatte zum Glück viel Humor. Sie scherzte gerne über die armseligen Freier mit ihren perversen Wünschen und nahm ihre Tätigkeit nicht besonders ernst. Sie dachte hauptsächlich ans Geld und die vielen schönen Dinge, die sie sich dadurch kaufen konnte. Sie versuchte Jana zu überzeugen, dass man sich nur eine gewisse Lockerheit bewahren musste, sonst würden sie die Ängste innerlich auffressen.

Jana schloss die Wohnungstür auf. Sie machte einen Schritt in den Flur und gab der Tür am Rahmen, ohne sich dabei umzublicken, einen lässigen Schubs. Danach legte sie ihre Gucci-Handtasche auf den Schuhschrank.

Die Haustür fiel jedoch nicht wie erwartet ins Schloss, sondern wurde plötzlich aufgestoßen. Jana drehte sich irritiert um.

Shaddow stand in seinen Cowboystiefeln breitbeinig im Türrahmen. Er hatte eine verspiegelte Sonnenbrille auf der Nase und sah sie böse an.

»Warum stehst du nicht wie meine anderen Bordsteinschwalben an der Straße?«

Jana bekam einen trockenen Hals. Sie hatte nicht so schnell mit ihrem Zuhälter gerechnet und musste erst schlucken, bevor sie was sagen konnte.

»Shaddow – woher weißt du … ? Ich – ich fühle mich gerade nicht so gut.«

Shaddow stampfte wie ein Nilpferd durch den Flur. Jana machte verunsichert ein paar Schritte rückwärts, als er auf sie zukam.

»Das hat mir Babsi auch gerade weiszumachen versucht. Mein Täubchen hat´s wohl nicht nötig und´n Freier ausgenommen?«

Jana wühlte in ihrer Gucci-Handtasche und zog mehrere fünfzig Euroscheine heraus. Shaddow schnappte sich die Kohle und guckte Jana mit seinem Haifisch-Blick bedrohlich an.

»Willst du mich etwa verarschen?«

Jana hielt Shaddow die offene Handtasche vor die Nase. Er riss sie ihr aus der Hand und warf kurz einen Blick hinein. Außer einer handvoll Kondome, einige lose Münzen und Schminke-Utensilien, war nichts darin zu finden.

»Mehr hab ich nicht!«, entgegnete Jana trotzig.

Shaddow´s Miene verdunkelte sich zusehends. Bevor Jana reagieren konnte, packte er sie ohne

Vorwarnung mit seiner rechten Hand am Hals und drückte zu. Jana stolperte rückwärts und schlug mit dem Hinterkopf gegen die Wand.

»Ich habe gehört, du willst aussteigen.«

Jana wehrte sich verzweifelt. Sie trat wild um sich und ruderte mit den Armen. Shaddow sah ihr eiskalt in die Augen, während sie versuchte ihn wegzudrücken.

Jana umklammerte sein Handgelenk und betete das Shaddow den Griff lockerte. Doch umso mehr sie sich wehrte, desto fester drückte er zu.

»Du bewegst deinen süßen Arsch nur für mich! Hast du kapiert?«

Shaddow presste sie brutal gegen die Wand. Er schob Jana´s zierlichen Körper erbarmungslos daran hoch. Sie verlor den Bodenkontakt und bekam keine Luft mehr. Jana zappelte mit den Füßen und versuchte vergeblich was zu sagen. Sie brachte nur ein ersticktes Röcheln hervor. Shaddow drückte sein Gesicht dicht an ihr Ohr.

»Billiges Flittchen - solang du lebst, schaffst du für mich an!«

Shaddow ließ Jana abrupt los und durchsuchte nochmals ihre Handtasche, während sie hilflos nach Luft schnappte und zu Boden sank. Als er gefunden hatte, was er suchte, steckte er ihren Ausweis in die Hosentasche. Beim hinausgehen blieb er kurz in der Wohnungstür stehen und drehte sich schnell um.

»Ich mach dich kalt, wenn du abhaust!«, drohte Shaddow noch und verschwand schließlich im Hausflur.

Jana lehnte zusammengesunken an der Wand. Shaddow´s letzte Drohung klang dumpf und hohl an ihre Ohren. Ihr wurde übel und sah um sich herum alles ganz verschwommen.

Die Wohnungstür bewegte sich scheinbar wie in Zeitlupe, bevor sie langsam und lautlos ins Schloss fiel. Dann verlor Jana das Bewusstsein!!

KAPITEL 3

Es war schon weit nach Mitternacht, als Babsi über die Kreuzung an der Reeperbahn vor der Davidwache eilte. Ein paar Autofahrer hupten, obwohl das auf der Meile nicht selten vorkam. Babsi scherte sich nicht um den Verkehr auf der Straße, denn sie hatte Schiss.

Sie kannte Shaddow gut genug um zu wissen, dass jederzeit seine Bodyguards auftauchen konnten. Beinahe rechnete sie damit, diesen ungehobelten Handlangern wieder in die Arme zu laufen. Die beiden hatten ihr kurz nachdem Jana verschwunden war aufgelauert. Als Babsi ihnen klar zu machen versuchte, dass Jana sich unwohl fühlte, wurden sie sofort hellhörig. Sie alarmierten sofort ihren Boss, und der tauchte schneller auf, als sie gucken konnte.

Shaddow quetschte sie aus und wollte wissen, warum Jana nicht wie alle anderen Mädchen an diesem Abend arbeitete. Babsi druckste herum und versuchte Shaddow zu beschwichtigen. Er war übel gelaunt und drohte ihr, bloß mit der Wahrheit herauszurücken. Sie konnte Shaddow nichts vormachen. Als er spitz kriegte, das Jana keine Lust hatte auf´n Strich zu gehen, brauste er wutentbrannt in seinem Lincoln Continental davon. Babsi machte sich große Vorwürfe, weil sie ihre Freundin verraten hatte und zog am Abend nur widerwillig das Pflichtprogramm bei ihren Kunden durch.

Sie blickte in Richtung Westen, wo der Mond schon seit einiger Zeit über dem Hamburger Hafen am Himmel stand. Sein Licht erzeugte Schatten in den Häuserschluchten vom Kiez, die ihr ein wenig Deckung spendeten, während sie zu ihrem Mietshaus rannte.

Als sie die Wohnungstür aufschloss bemerkte sie sofort, dass etwas nicht stimmte. Das Chaos im Flur machte sie stutzig. Sie ging in die Stube und drückte auf den Lichtschalter. Dort sah sie schließlich Jana auf der Wohnzimmercouch. Sie lag zusammengekauert unter einer Wolldecke und blinzelte, als das Licht anging.

»Was ist denn mit dir los? Warum schläfst du in der Stube?«, fragte Babsi verwundert.

Jana wollte sich nichts anmerken lassen und zog schnell die Wolldecke unter ihr Kinn.

»Ach nichts, muss wohl ein-genickt sein«, sagte Jana und sah Babsi mit verquollenen Augen an.

Babsi setzte sich zu ihr auf das Sofa und legte eine Hand auf Jana´s Schulter.

»Hey – jetzt sag schon. Ich sehe doch, dass was nicht stimmt.«

Jana begann zu schluchzen und umklammerte mit beiden Händen verzweifelt die Wolldecke.

»Shaddow war hier!«

Babsi zog vorsichtig an der Decke. Jana ließ sie nur zögernd los. Babsi blickte schockiert auf ein Würgemal an Jana´s Hals.

»Scheiße! Was hat er mit dir gemacht?«

Jana rappelte sich mühsam hoch und stand auf. Sie war ziemlich wackelig auf den Beinen und stütze sich dabei kurz mit der Hand auf Babsi´s Schulter ab.

»Ich will jetzt nicht darüber reden!«, erwiderte Jana stammelnd.

Daraufhin ging Jana wortlos in die Küche und begann dort Kaffee zu kochen. Sie kippte eine handvoll billiges Kaffeepulver in den Filter der Kaffeemaschine und befüllte den Wassertank.

Babsi kam kurz darauf zu ihr und setzte sich an den Küchentisch. Sie schaute Jana schweigend zu, wie sie zwei Becher abwusch und wartete, bis der Kaffee durchgelaufen war.

Schließlich stellte sie schweigend einen Becher vor Babsi´s Nase ab, und setzte sich dann selbst gegenüber von ihr an den Tisch.

»Glaub mir – ich würde Shaddow auch lieber *Adieu* sagen und wieder zurück in die Heimat«, begann Babsi wohl-wissend darum, was gerade im Kopf ihrer Leidensgenossin vor sich ging. Jana umfasste mit beiden Händen ihren Becher und wirkte nachdenklich.

»Heimat … Familie? Kannst du deinem Vater etwa noch in die Augen sehen? Meiner würde mich windelweich prügeln, und meine Mutter wäre tot-unglücklich, wenn sie die Wahrheit erführe.«

Babsi kannte jede Menge traurige Schicksale von Prostituierten, die sich im Strudel des Kiez-Milieus abgespielt hatten. Misshandlungen von böswilligen Luden an den Mädchen waren an der Tagesordnung, wenn sie nicht genug Geld einbrachten oder widerspenstig wurden. Viele versuchten ihre aussichtslose Lage mit Drogen oder Alkohol zu verdrängen.

»Aber es war doch nicht deine Schuld. Man hat dir falsche Versprechungen gemacht und dich zur Prostitution gezwungen!«

Jana trank ein Schluck Kaffee und blickte ihre Freundin verzweifelt an.

»Das glaubt mir doch keiner, und Männer – ich kann mich gewiss nie wieder verlieben.«

Babsi wusste natürlich, was Jana damit meinte. In ihrem Gewerbe lernte man jeden Typ vom männlichem Geschlecht inklusive seiner üblen Abgründe kennen. Nach einiger Zeit konnte man sich nicht mehr im geringsten vorstellen, echte Zuneigung von jemandem zu erwarten. Dennoch wollte sie nicht aufgeben, an einen Prinzen zu glauben, der sie eines Tages mehr oder weniger aus der Höhle des Löwen befreite und sie aufrichtig liebte.

»Jetzt hör schon auf, Jana. Ich bin morgen auf'n Party eingeladen und du kommst mit, bevor du noch an das glaubst, was du sagst!«

Jana schaute Babsi verständnislos an und stellte den Kaffeebecher lautstark auf dem Tisch ab.

»Kein Bock! Ich kenne die Koks-Partys von den Luden. Am Ende müssen wir dann jedem einen blasen.«

»Das ist eine Geburtstagsparty von einem echt netten Freier in so'n riesigen Verkaufshalle für Campingwagen von seinem Vater. Allein traue ich mich da nicht hin, Süße – bitte?«, bettelte Babsi und schaute Jana flehend an.

»Und was ist, wenn Shaddow uns aufspürt und den Laden kurz und klein schlägt?«, fragte Jana verunsichert.

»Morgen ist Sonntag, unser freier Tag. Auf dem Kiez läuft da nichts mit Freiern und Shaddow besäuft sich in der Regel besinnungslos«, sagte Babsi, und dann fingen sie beide zu kichern an.

KAPITEL 4

Die letzten Tage waren nicht gerade optimal gelaufen, und dies war in Marco´s Augen noch untertrieben. Sie waren eine Katastrophe!

Tanja hatte sich Hals über Kopf vom Acker gemacht. Er vermutete, dass sie zu ihrer Mutter nach Kiel geflüchtet war. Dort hatte sie sich in der Vergangenheit schon mal die Augen ausgeweint, als es zwischen ihnen nicht gut lief. Marco dachte damals, das kommt in der besten Ehe vor und würde sich wieder einrenken.

Für ihn war es am Anfang nur eine harmlose Auseinandersetzung über ein Thema, das er gern vermied. Sie wollte Kinder, am liebsten gleich zwei. Er erinnerte Tanja daran, dass sie schon mal eine Fehlgeburt hatte.

Danach war es um die traute Zweisamkeit geschehen. Sie rastete aus und warf ihm vor, dass er keine Kinder wollte. Marco beteuerte, dass er Kinder mochte und entschuldigte sich für seine Taktlosigkeit. Aber Tanja glaubte, das er sie nicht mehr liebte. Er fuhr ihr hinterher! Sie verbrachten ein Wochenende in Kalifornien an der Ostsee auf einem Campingplatz.

Dort stand sein Wohnmobil, einen Luxus, den er sich nur erlauben konnte, weil der Vater von seinem Freund Richi die Dinger verkaufte. Es war ein gebrauchtes Model von einem älteren Ehepaar, das sie ihm günstig überlassen hatten. Nach dem Urlaub war alles wieder im Lot.

Marco hatte den Ehestreit längst vergessen. Er wusste nicht, wie lange Tanja ihn schon betrog und wollte es auch gar nicht wissen. Das sie sich lieber mit einem jüngeren Mann im Bett vergnügte reichte ihm vollkommen. Ihm wurde immer klarer, dass die Ehe im verflixten siebten Jahr gescheitert war.

Das alles ging ihm durch den Kopf, während er mit Richi die Campingwagen-Verkaufshalle für seine Geburtstagsfete herrichtete.

Die Halle war jetzt fast leer. Da, wo am Morgen der Bereich für Campingausrüstung einen Platz hatte, baute ein DJ gerade sein Mischpult auf. Währenddessen schleppten mehrere Leute vom Getränkeservice einen überlangen Tresen rein, wo später der Ausschank für jede Menge Bier und Cocktails stattfinden würde.

Zuvor hatte er mit Richi riesengroße Boxen um eine provisorische Tanzfläche herum aufgebaut und danach fachmännisch verkabelt.

Marco hatte sich nur widerwillig zu der Aktion überreden lassen, aber er konnte seinen Freund nicht hängen lassen. Richard war schon seit der

Schule sein bester Kumpel und sie hatten keine Geheimnisse voreinander. Als Richi anrief und fragte, wann Marco vorbeikommt, versuchte er zu erklären, das er total am Ende war und erst mal Zeit bräuchte, um alles zu verarbeiten.

Sein Kumpel besuchte ihn am selben Abend und brachte eine Flasche Single Malt Whiskey mit. Richi war immer ein fröhlicher Mensch mit sonnigem Gemüt. Er brachte die Leute gerne zum Lachen und kannte eine Vielzahl Witze, die in jeder noch so trüben Situation amüsant waren. Er schaffte es, Marco allein durch seine Gegenwart aufzumuntern und ihn auf andere Gedanken zu bringen. Als er sich spät Abends ein Taxi rief, war die Whiskyflasche fast alle und Marco versprach, dass er ihm natürlich bei den Vorbereitungen für seine Geburtstagsparty am Wochenende helfen würde.

* * * * *

Es war schon ziemlich spät abends. Jana trug noch was Rouge auf ihre Wangen, als das Taxi über einen Vorplatz an etlichen Wohnmobilen vorbei fuhr. Schließlich hielt der Taxifahrer vor einer Halle mit riesiger Glasfront. Wummernde Bässe lauter Technomusik dröhnten aus dem

Inneren und ließen die großen Fensterscheiben erzittern. Die Verkaufshalle glich jetzt mehr einer Discothek. Das Schwarzlicht der Neon-Spots schimmerte in kühlen Blautönen nach draußen auf den Vorplatz. Ein Haufen Leute stand rauchend, mit Getränken in den Händen, vor der Eingangshalle und unterhielten sich angeregt.

Jana wühlte in ihrer Handtasche. Sie fischte das restliche Klimpergeld raus, welches Shaddow gnädigerweise übriggelassen hatte. Babsi saß vorne und wehrte ihre Hand ab, als Jana ihr Geld geben wollte. Sie bezahlte den Fahrer mit einem zwanzig Euroschein inklusive Trinkgeld. Jana machte die Hintertür auf und stieg aus.

Sie blickte sich verunsichert um, als Babsi die Beifahrertür zuschlug. Der Taxifahrer drückte auf's Gaspedal und lenkte den Mercedes an Wohnmobilen vorbei auf die Ausfahrt zu. Die Rücklichter leuchteten nochmal kurz auf, bevor der Wagen auf die Straße abbog.

»Ich glaub, es war doch keine so gute Idee hier herzukommen«, sagte Jana im Hinblick auf die Partygäste vor der Eingangshalle.

Einige von den Typen schauten neugierig zu ihnen rüber. Jana machte sich Sorgen, dass sie sich möglicherweise zu sehr aufgedonnert hatte und die Männer vielleicht wussten, in was für einem Gewerbe sie arbeitete.

»Jetzt mach dir kein Stress und lass uns Tanzen gehen«, sagte Babsi fröhlich und hakte sich bei Jana unter.

Sie ahnte, was im Kopf ihrer Freundin vor sich ging, aber ihr machten die blöden Gaffer nichts aus. Sie kannte die Männer gut genug um zu wissen, dass die Typen sowieso nur an das *Eine* dachten. Manche waren immerhin bereit, dafür zu bezahlen. Jana ließ sich widerstrebend von ihrer gutgelaunten Freundin mitziehen und hoffte inständig, dass sie diese Entscheidung später nicht bereuen würde.

* * * * *

Marco stand ganz in der Nähe vom Mischpult des DJ's und hielt sich krampfhaft an seiner Bierflasche fest. Er fragte sich, wie lange er das Gehopse der Leute auf der Tanzfläche noch mit ansehen musste. Er versuchte sich zusammen zu reißen und sah geduldig dabei zu, wie sein Freund hin und wieder neue Gäste begrüßte und Glückwünsche entgegen nahm.

Die lockere Atmosphäre animierte einige zum Tanzen, während andere in Gruppen mit einem

Sektpunsch oder Cocktail in der Hand, sich an der Bar angeregt unterhielten. Plötzlich kamen zwei äußerst attraktive Mädels rein und sahen sich suchend um. Beide trugen aufreizendes Outfit und zwei Typen an der Bar boten ihnen sofort ihre Plätze an.

»Da ist ja doch noch jemand, den ich unbedingt begrüßen muss«, sagte Richi ganz aufgeregt und beäugte die weiblichen Rundungen von Babsi. Er hatte nicht geglaubt, dass sie auf seine Geburtstagsparty kommen würde.

Babsi war ihm auf dem Kiez bei McDonalds begegnet. Sie mussten in einer Reihe anstehen, um was zu bestellen. Richi hatte sich sofort in Babsi verguckt und quatschte sie an. Daraufhin entwickelte sich ein lockeres Gespräch, in deren Verlauf sie ihm irgendwann klarmachte, dass sie Anschaffen geht und nur hier drinnen wäre, um sich kurz einen Snack zu holen. Richi hatte nie zuvor eine Prostituierte kennengelernt und wurde neugierig.

»Mach das, ich warte hier auf dich«, entgegnete Marco, dem die beiden Mädels natürlich auch aufgefallen waren.

»Alter! Wir stehen hier nur die ganze Zeit blöd herum. Komm, die Mädels beißen nicht!«, sagte Richi und zog Marco am Arm. Er folgte seinem

Freund zögernd, während der sich durch die Menschenmenge auf der Tanzfläche drängelte. Marco fragte sich auf dem Weg zur Bar, woher Richi diese heißen Bräute kannte. Oder waren sie wie manche Besucher einfach nur Bekannte von einem Freund oder Freundin, die sich kurz entschlossen mit eingeladen hatten, als sie von einer Geburtstagsparty hörten, wo´s ordentlich viel zu Trinken gab.

Als Babsi das Geburtstagskind sah, empfing sie Richi mit einer herzlichen Umarmung und gab ihm ein Kuss auf den Mund. Die beiden Typen, die bereitwillig ihre Plätze freigemacht hatten, verdrückten sich frustriert ans andere Ende der Bar.

»Happy Birthday, Sweety. Hast ganz schön viel Freunde«, sagte Babsi erstaunt und klimperte aufreizend mit den Wimpern.

»Einige davon sehe ich heute zum ersten mal. Was möchtet ihr trinken?«

»Der Sekt-Punsch sieht lecker aus«, sagte Babsi schmunzelnd und warf Jana einen fragenden Blick zu. Jana nickte und sah Richi schüchtern an, bekam aber keinen Ton heraus.

Richi bestellte beim Barkeeper vier Gläser mit Sektpunsch. Jana beugte sich zu Babsi herüber, um ihr schnell was ins Ohr flüstern zu können.

»Wissen die eigentlich, womit wir unser Geld verdienen?«, fragte Jana verunsichert, während sie über die Schulter ihrer Freundin blickte und Richi argwöhnisch musterte.

»Bleib doch mal locker! Richi ist ein bisschen in mich verknallt, aber nicht blöd.«

»Sein Freund sieht ja ganz nett aus, aber … «, flüsterte Jana und trank einen Schluck Punsch. Sie wollte gerade sagen, dass sie sich auf kein Abenteuer einlassen würde, denn sie vermutete das auch Marco wissen könnte, dass sie Huren vom Kiez waren.

Marco war einige Zeit ziemlich wortkarg und kippte sich den Sektpunsch wie Wasser runter. Plötzlich bekam er Herzklopfen und fühlte sich wieder wie ein Teenager, obwohl er versuchte Jana´s attraktives Aussehen zu ignorieren.

Das war ihm lange nicht mehr passiert. Hatte ihn die Ehe mit Tanja so sehr abgestumpft, oder war es das Gefühl der Zurückweisung, weil sie einen anderen Mann begehrenswerter fand.

Er blickte Jana verunsichert an, die scheinbar gelangweilt ihr Glas leerte, während Babsi mit Richi herum schäkerte. Marco bestellte noch ein Glas Punsch. Der Barkeeper bediente ihn sofort und reichte ihm das Glas rüber. Marco stellte es auf den Tresen, und schob den Punsch langsam zu Jana hinüber. Sie schaute ihn misstrauisch an und zögerte. Der Barkeeper befüllte wissend ein weiteres Glas und gab es an Marco weiter. Daraufhin ergriff Jana ihren Punsch und stieß endlich mit Marco an. Nach einer Weile überwanden beide schließlich ihre Scheu.

»Hast du Lust zu tanzen?«, fragte Marco angesäuselt.

»Ich dachte schon, du fragst nie!«, erwiderte Jana leicht beschwipst.

Sie gingen auf die Tanzfläche. Marco bereute es sofort. Er konnte Standarttänze wie Walzer und Foxtrott, aber das komische herum Gehampel nach elektronischer Musik wollte seinen Beinen keinen Rhythmus abverlangen.

Jana bewegte sich hingegen außerordentlich geschmeidig und anmutig auf der Tanzfläche. Marco wurde beinahe schwindelig. Ihr Körper schien die Musik förmlich zu inhalieren.

Entweder war´s der Alkohol oder ihre erotische Ausstrahlung, die ihn total verunsicherte. Er versuchte ihren sanften Bewegungen zu folgen und wurde langsam lockerer.

Im Verlauf des Abends tanzte Marco nur mit Jana. Zwischendurch gingen sie mal an die Bar, tranken Sektpunsch, oder rauchten mit Richi und Babsi ein Joint. Die Stimmung wurde aus -

gelassener und dabei kamen sich die beiden auf der Tanzfläche näher. An der Bar begannen sie oft vergnügt miteinander zu tuscheln und der Alkohol tat sein übriges dazu.

Irgendwann begaben sie sich nach draußen, um frische Luft zu schnappen. Sie nahmen ihre Gläser mit und setzten sich unweit von dem Halleneingang auf einen Mauervorsprung.

Die Musik war auch hier noch gut zu hören. Ein gutes Dutzend Leute standen am Eingang. Sie unterhielten sich mit ihrem Getränk in der Hand, während ein Joint die Runde machte. Jana holte eine Zigarettenpackung aus ihrem Handtäschchen und hielt sie Marco vor die Nase. Er grifft zu und Jana zündete erst ihm, und danach sich selbst eine Zigarette an.

»Eigentlich war ich nicht in Partystimmung, aber jetzt bin ich doch froh, dass ich hier bin«, sagte Marco und bließ den Zigarettenqualm genüsslich in die Luft.

»Geht mir fast genauso. Wenn meine Freundin nicht locker gelassen hätte, säße ich jetzt nicht hier. Aber wir machen heute einfach mal blau.«

»Echt – jetzt? Was für'n Job hast du denn?,« fragte Marco verwundert.

»Ach – ist doch unwichtig. Ich will da sowieso kündigen«, erwiderte Jana und biss sich auf die

Unterlippe. Anscheinend wusste Marco doch nicht, was sie machte, und sie hatte auch nicht vor, es ihm auf die Nase zu binden.

Marco spürte instinktiv, dass Jana ihm etwas unangenehmes verschwieg, und wollte deshalb das Thema nicht vertiefen.

»Ich würde auch lieber was anderes machen, oder noch besser, ganz woanders sein.«

Jana zog nachdenklich an ihrem Glimmstängel und bließ den Rauch durch die Nase, während sie sprach.

»Genau, irgendwo im Süden am Meer. Einfach nur leben!«, sagte Jana und schaute Marco dabei sehnsüchtig an. Er hob sein halbvolles Glas mit Sektpunsch und stieß mit ihr darauf an. Er hatte das Gefühl, mit Jana über alles reden zu können, und der Alkohol löste seine Zunge.

Marco begann über die Ereignisse der letzten Tage zu sprechen. Er erzählte Jana freimütig, dass er sein Job verloren hatte und am gleichen Tag feststellen musste, dass seine Frau ihn mit einem jüngeren Mann betrog.

Es klang für Jana so, als ob er schon darüber hinweg wäre, denn er schilderte die Geschichte wie eine witzige Anekdote. Jana prustete vor lachen, als Marco ihr verriet, was er mit dem Fahrrad von dem Nebenbuhler gemacht hatte.

Danach unterhielten sie sich eine Weile über Hoffnungen und Träume in einem besseren Leben, indem es keine von diesen alltäglichen Problemen gab, mit denen man sich normalerweise immer herumschlagen musste.

Plötzlich raste ein aufgemotzter Opel Kadett zwischen den parkenden Wohnmobilen hindurch auf die Halle zu. Die Partygäste vor dem Eingang sahen sich irritiert um.

Marco und Jana waren noch immer in eine angeregte Unterhaltung vertieft, weshalb ihnen der Wagen erst auffiel, als der Fahrer abrupt mit quietschenden Reifen vor ihnen abbremste. In dem Angeber-Schlitten saßen zwei jüngere Typen. Der Beifahrer stieg aus und sah Jana mit glasigen Augen an. Er war betrunken und kam wankend auf sie zu.

»Hey Baby, macht´s du´s mir heute mal umsonst?«, rief der Typ lauthals, sodass es jeder von den Partygästen hören konnte, die draußen vor dem Eingang standen.

Die Leute vor der Halle blickten neugierig auf den Neuankömmling. Jana sah den Typ vollkommen entgeistert an. Als sie bemerkte, dass die Partygäste vor der Halle sie unvermindert an-stierten, kullerten ihr ein paar Tränen über die Wange. Bevor Marco etwas sagen konnte, sprang Jana auf und rannte zwischen den Wohnmobilen hindurch in die Nacht. Marco wollte Jana sofort hinterherlaufen, aber der Typ verstellte ihm provokant den Weg.

»Nicht so hastig, Alter! Das Flittchen kommt bestimmt wieder.«

Marco musterte den Typ kurz und schickte ihn mit einem präzisen Faustschlag auf die Nase zu Boden. Es war ein Reflex. Marco war von seiner Reaktion selber überrascht.

Der Fahrer sprang aus dem Wagen und hastete zu seinem Kumpel. Er versuchte ihm auf die Beine zu helfen. Der Typ wehrte die Hilfe ab und raffte sich benommen auf. Als er endlich zum stehen kam, fasste er sich an die Nase und machte eine schmerzverzerrte Miene. Er blickte zuerst verwirrt auf seine Hand, an der plötzlich Blut klebte. Dann schaute er Marco wütend an.

»Du hast mir die Nase gebrochen!«

Unbemerkt von Marco und dem Kontrahenten wurden sie mittlerweile von den Partygästen umringt, die sich die Auseinandersetzung nicht entgehen lassen wollten.

Einer von den Gästen hatte sich allerdings in die Halle begeben. Er suchte in dem Getümmel verzweifelt nach Richi. Schließlich entdeckte er ihn mit Babsi knutschend vor einer Musikbox.

Marco hatte sich bedrohlich vor den besoffenen Typen aufgebaut und funkelte sie wütend an. »Verpisst euch, ihr Idioten, oder es gibt gleich Nachschlag!«

In dem Augenblick kam Richi mit Babsi aus der Halle auf den Pulk zugelaufen, während der Kumpel seinem Freund ein Taschentuch gab. Der hielt es sich notdürftig unter die blutende Nase.

»Was ist passiert?«, fragte Richi und sah Marco dabei irritiert an.

»Kennst du den Typen? Das Arschloch hat Jana blöde angemacht«, erklärte Marco die Situation und blickte die beiden Jungs verächtlich an.

»Wo ist Jana?«, fragte Babsi verwundert.

Die beiden Typen verzogen sich und stiegen in ihre aufgemotzte Schleuder. Der Fahrer trat das Gaspedal voll durch und brauste mit durchdrehenden Vorderreifen davon.

»Also, ich kannte keinen von den Jungs«, sagte Richi erleichtert darüber, dass die nicht noch mehr Stress machen wollten. Als die Partygäste merkten, dass der ganze Spaß vorbei war und es nichts mehr zu sehen gab, verzogen sie sich zurück in die Halle.

Marco schnappte sich seinen Sektpunsch und leerte das Glas in einem Zug. Danach begann er

Richi und Babsi ausführlich zu erzählen, was vorgefallen war. Richi konnte es kaum fassen, dass sich so eine üble Szene auf seiner Party abgespielt hatte. Er war Marco dankbar, dass er die besoffenen Typen vor der Halle aufgehalten hatte.

Babsi machte sich allerdings große Sorgen um Jana, denn sie musste in den letzten Tagen so einiges wegstecken. Als sie Marco gegenüber Andeutungen machte, dass Jana möglicherweise auf dumme Gedanken kommen könnte, versprach er, sie suchen zu gehen.

Babsi war nicht wirklich beruhigt, aber auch nicht mehr ganz nüchtern. Sie schaute mit Richi dem tapferen Held hinterher, während Marco sich ohne noch mehr Zeit zu verschwenden sogleich auf den Weg machte. Er verschwand genauso schnell zwischen den Wohnmobilen wie Jana, als sie panisch davongelaufen war.

KAPITEL 5

Marco rannte ziellos durch das Gewerbegebiet, wo sich das Verkaufsareal für Wohnmobile von Richi´s Vater befand. Er kam aber auch an jeder Menge Autohäuser und Reifenhändler vorbei und fragte sich, ob Jana wirklich schon so weit gelaufen sein konnte. Schließlich war es mitten in der Nacht und ziemlich finster. Nur ein paar vereinsamte Straßenlaternen beleuchteten hin und wieder in dieser Gegend den Bürgersteig. Soweit er sich erinnern konnte, hatte sie seines Wissens Stöckelschuhe an den Füßen, die für größere Entfernungen vollkommen ungeeignet waren. Er wunderte sich sowieso, wie Frauen in solchen Tretern laufen konnten.

Marco ging auf eine viel befahrene Hauptstraße zu und schaute sich nach alle Richtungen um. Er wollte schon fast aufgeben, als er Jana auf der anderen Straßenseite an einem American-Diner vorbeigehen sah. Ohne auf den Verkehr zu achten, hastete er quer über die Straße. Ein Autofahrer bremste mit quietschenden Reifen und hupte aufgebracht.

Marco hechtete zur Seite und wäre beinahe von dem Kotflügel erfasst worden. Jana drehte sich um und sah aufgeschreckt über die Straße, von wo aus Marco schnell auf sie zugelaufen kam. »Bist du noch zu retten? Das Auto hätte dich beinahe überfahren!«, bemerkte Jana mit einem verständnislosen Unterton in der Stimme und schaute Marco dennoch erleichtert an.

Marco war bewusst, dass er gerade verdammt viel Glück gehabt hatte und holte erschöpft von dieser Aktion ein paar mal tief Luft.

»War unvorsichtig – alles okay mit dir?«, fragte Marco vollkommen außer Atem.

Jana schüttelte genervt mit dem Kopf und ging einfach weiter. Marco war klar, dass sie total sauer sein musste und wollte nicht so schnell aufgeben. Er folgte Jana und hielt sie mit einer Hand an der Schulter fest.

»Jetzt warte doch mal. Die Chaoten haben sich verdünnisiert!«

»Lass mich in Ruhe! Hast du nicht gehört, was ich bin?«, erwiderte Jana trotzig und lief weiter.

»Mich interessiert nicht was du bist, sondern wer du bist!«, rief Marco ihr hinterher.

Jana blieb stehen und sah Marco ungläubig an. »Wirklich? Dann wärst du der Erste.«

Marco bemerkte am verschmierten Lidschatten ihrer Augen, dass Jana geweint haben musste. Er ging auf sie zu und nahm sie mitfühlend in den Arm. Jana versteifte sich sofort und machte

Anstalten ihn weg zu stoßen, ließ es aber doch widerwillig geschehen. Es war schon lange her, dass sie jemand tröstend in den Armen hielt.

Sie hatte das Gefühl von Geborgenheit beinahe vergessen und merkte erst jetzt, wie gut das tat.

Marco sah ihr liebevoll in die Augen.

»Wir müssen ja nicht zurück gehen. Was hältst du von´m Burger und´n Tasse Kaffee?«, schlug Marco vor und blickte sie schmunzelnd an.

Ein kurzes Lächeln huschte über Jana´s Lippen und verriet ihm, dass er sie überredet hatte.

* * * * *

Das American Diner war trotz zu dieser späten Stunde gut besucht. Innen war alles original im Stil der Sechzigerjahre ausgestattet. Auf dem langen Tresen glänzte eine Messingplatte, und die dicken Polster von den Barhockern waren mit rotem Kunststoff bespannt.

Marco und Jana fanden noch einen freien Tisch an der Fensterfront. Jana machte es sich auf der Sitzbank bequem. Marco ging zum Tresen, um den Kaffee und die Cheeseburger zu bestellen. Es dauerte eine Weile, bis die junge Bedienung alles fertig hatte, während er Jana beobachtete. Sie schaute misstrauisch durch das Fenster, auf den Kundenparkplatz vorm Diner, als ob dort irgendeine Gefahr drohen könnte. Die gestresst aussehende Servicekraft reichte Marco schnell die Bestellung über den Tresen.

Als Jana sich umdrehte, stand ein dampfender Kaffeebecher und ein Cheeseburger vor ihr auf dem Tisch. Marco setzte sich gegenüber auf die Bank, während Jana hungrig in ihren Burger biss und ihn dabei zufrieden angrinste.

Marco trank zunächst einen Schluck Kaffee und sah Jana beim Essen zu.

»Wenn dieser Bekloppte nicht gewesen wäre, lägen wir jetzt wahrscheinlich besoffen unterm Tresen.«

»Wahrscheinlich – in dem Punsch war Wodka drin. Ich hätte dem Spinner am liebsten in die Eier getreten!«, sagte Jana mit vollem Mund.

Marco machte sich schließlich auch über seinen Burger her und grinste schelmisch zu Jana über den Tisch.

»Keine bange, der hat jetzt´n dicke Nase und bestimmt höllische Kopfschmerzen.«

»Prima – dann sieht er jetzt noch mehr wie´n Pavian aus«, bemerkte Jana kichernd.

Jana entspannte sich zusehends während ihrer Mahlzeit. Marco machte sich beim Essen über die Idioten in ihrem aufgemotzten Opel lustig.

Er erzählte Jana, dass der besoffene Blödian ihn aufgehalten hatte, als er ihr nachlaufen wollte. Er verschwieg ihr, dass er noch nie so wütend war, und er es nicht bereute, dem Typ die Nase gebrochen zu haben. Jana amüsierte sich über seine witzigen Bemerkungen, während er das betretene Gesicht von dem Trottel beschrieb, als der schließlich mit eingezogenem Schwanz abgezogen war. Danach erwähnte Marco noch, dass ihre Freundin Babsi ziemlich besorgt nach ihr gefragt hatte. Jana holte daraufhin sofort ihr Handy aus der Handtasche und begann eine SMS zu schreiben.

* * * * *

Lutscher bog mit dem pechschwarzen Lincoln Continental Mark III. von der Hauptstraße auf den Parkplatz vom Diner ab. Er rollte langsam in die einzige noch freie Parkbucht und machte den Motor aus. Er warf seinem Partner auf dem Beifahrersitz einen mürrischen Blick zu.
»Mach schnell, Shaddow wartet auf uns!«
»Soll ich dir was mitbringen?«, fragte Beule.
Lutscher schüttelte kurz genervt den Kopf. Sie waren die ganze Nacht in der Gegend herumgekurvt und hatten nacheinander alle Nutten

abkassiert. Jetzt wollte er einfach nur die Kohle abliefern und dann so schnell wie möglich nach Hause. Beule ging es da ganz ähnlich, aber er musste dringend auf die Toilette und wollte sich schnell noch einen Kaffee holen. Er stieg aus dem Wagen und ließ die schwere Autotür hinter sich dumpf ins Schloss fallen.

Lutscher blickte seinem Partner gelangweilt hinterher, während der mit schnellen Schritten auf den Eingang des Diners zustrebte.

* * * * *

Jana steckte ihr Handy in die Handtasche und sah beiläufig aus dem Fenster. Als sie sich kurz darauf Marco zuwendete, war sie ganz blass im Gesicht. Er spürte sofort, dass was mit ihr nicht stimmte. Bevor er etwas sagen konnte, duckte sich Jana plötzlich seitlich unter die Tischplatte. Marco saß mit dem Rücken zum Eingang und verfolgte irritiert ihre Verrenkungen, als ob sie unter dem Tisch irgendwas suchte. Er konnte nicht sehen, wie ein kleiner, kräftig untersetzter Mann auf halben Weg zum Tresen kurz in ihre Richtung schaute.

Beule bestellte bei der jungen Servicekraft am Tresen ein *Coffee-To*-Go und fragte, wo sich hier die Toiletten befänden. Das junge Mädel zeigte auf ein Schild am Ende des Mittelgangs. Beule stiefelte los und kam dabei auch am Tisch von Marco und Jana vorbei. Er beachtete die beiden nicht, denn er musste dringend auf´s Klo.

Nachdem Beule vorbei gegangen war, richtete Jana sich langsam auf und sah vorsichtig über die Schulter.

»Ähm – was ist mit dir los. Hab ich … ?«, fragte Marco stockend, weil Jana ihn nicht beachtete. Jana hoffte inständig, dass Beule allein war und blickte wieder ängstlich aus dem Fenster. Doch diese Hoffnung zerplatzte so schnell wie eine Luftblase, während sie gebannt zusah, als auch der andere Bodyguard von Shaddow aus dem Straßenkreuzer stieg.

Jana schnappte sich panisch ihre Jacke. Danach stand sie wortlos auf, ohne Marco´s verwirrte Miene zu beachten. Sie ging einfach am Tisch vorbei in Richtung Tür.

»Warte doch – hab ich was Falsches … «, rief Marco und sprang von seinem Platz.

In dem Moment betrat Lutscher das Diner. Jana blieb abrupt stehen und drehte sich schnell um. Marco lief ihr direkt in die Arme. Jana hielt sich an ihm fest und küsste Marco spontan auf den Mund. Dabei presste sie ihr Becken an Marco´s, und spürte seine aufkommende Leidenschaft. Lutscher ignorierte zunächst das vermeintliche Liebespärchen und sah sich im Laden suchend nach Beule um.

Jana löste sich von Marco und blickte kurz über seine Schulter. Sie ergriff sofort die Gelegenheit und zog ihn am Arm durch die Tür ins Freie. Sie schnappte sich Marco´s Hand und rannte mit ihm am Straßenkreuzer vorbei. Marco hielt sie fest und zog Jana zu sich heran. Dann blieb er unvermittelt stehen.

»Was ist denn bloß in dich gefahren?«, fragte Marco und ließ ihre Hand wieder los.

Jana schaute sich aufgeregt um. Sie erkannte durch die Fensterscheiben des American Diner, wie Lutscher am Tresen stand und verwundert nach draußen blickte. Dann kam er urplötzlich auf die Eingangstür zu.

Jana ging reflexhaft hinter dem Kofferraum des Lincoln Continental in Deckung und zog Marco zu sich herunter. Die panischen Blicke verrieten ihm, dass sie vor irgendwas große Angst hatte. »Wir müssen hier weg!«, flüsterte Jana und sah sich um.

Jana entdeckte seitlich vom Diner eine Auffahrt und rannte einfach drauf los. Marco folgte ihr in geduckter Haltung, quer über den Parkplatz, zwischen den Autos hindurch, obwohl er keine Ahnung hatte, was das Versteckspiel eigentlich sollte. Er lief mit ihr über die Auffahrt in den rückwärtigen Bereich vom American Diner.

In der Dunkelheit konnte er die schemenhaften Umrisse eines Müllcontainers erkennen. Jana überlegte nicht lange und ging darauf zu. Der Container stand an einer Mauer. Sie zwängte sich durch eine Lücke und verbarg sich hinter dem Container. Marco stand davor und zögerte einen Moment. Viel Platz war da nicht mehr.

»Kannst du mir endlich verraten … ?«, fragte Marco unentschlossen, ob er bei diesem merkwürdigen Spiel mitmachen sollte, als er Schritte über die Auffahrt kommen hörte.

Er kam sich dabei ziemlich blöd vor, drängelte sich aber trotzdem in den engen Zwischenraum hinter dem Müllcontainer.

»Und – was machen wir jetzt?«

Jana legte schnell ihre rechte Hand auf Marco´s Mund und sah ihn dabei ernst in die Augen.

»Psst – sei bitte still!«

Sie kauerten wie Flüchtlinge ohne Aufenthalts-Genehmigung in ihrem Versteck. Die Schritte kamen immer näher. Jana hielt die Luft an und kniff die Augen zusammen. Plötzlich hörte sie, wie jemand die Containerklappe öffnete. Marco bemerkte sofort, dass es nur eine Küchenhilfe sein konnte. Man konnte hören, wie jemand ein paar Abfalltüten in den Container schmiss und die Klappe zufallen ließ. Dann entfernten sich die Schritte wieder von dem Müllcontainer.

Marco reckte sich ein Stück hoch und riskierte einen Blick. Er konnte die schwachen Umrisse von einer Person mit weißer Schürze erkennen, die genauso schnell verschwand, wie sie aufgetaucht war.

* * * * *

Beule kam aus dem Diner die Treppe herunter und ging zum Lincoln Continental. Als er sah, dass sein Partner nicht im Auto saß, kratzte er sich am Hinterkopf und schaute sich um.

Lutscher stand an der Hauptstraße und schien jemanden zu suchen. Beule ging mit seinem Pappbecher in der Hand von hinten auf ihn zu.

»Suchst du mich? Ich hab nur´n bisschen länger gebraucht, weil ich auf´m Klo … .«

»Da bist du ja endlich. Ist dir im Diner niemand aufgefallen?«, entgegnete Lutscher und guckte seinen Partner strafend an.

»Ähm – also, auf der Toilette war so´n ekliger Typ, der daneben gepisst hat … .«, sagte Beule und nippte genüsslich an seinem Kaffeebecher.

»Nich auf´m Klo, du Idiot! Ich meine im Diner. Ich glaub, ich hab eine von unseren Nutten da mit´m Typ gesehen.«

»Mit was für´n Typ?«, fragte Beule und blickte seinen Partner ungläubig an.

»Was weiß ich – mit´m Freier. Die Schlampe ist mit ihm abgehauen, als ich reinkam und mir´n Red Bull holen wollte.«

»Dann müssen wir sie suchen, bevor Shaddow uns die Hölle heiß macht«, sagte Beule miss-mutig und schmiss seinen Kaffeebecher auf den Bürgersteig.

Daraufhin eilten die beiden Bodyguards zum Auto. Lutscher riss die Fahrertür auf und setzte sich schnell hinter das Lenkrad, während Beule nochmal kurz über´s Wagendach schaute, weil er glaubte, in der Auffahrt vom Diner jemand gesehen zu haben.

Lutscher startete gerade den Motor und das tief blubbernde Geräusch des V8-Zylinders hielt Beule davon ab genauer hinzusehen. Er sprang auf den Beifahrersitz und machte die Autotür schnell zu.

Kurz darauf raste Lutscher mit aufheulendem Motor über den Parkplatz. Die Rücklichter des Straßenkreuzer leuchteten kurz auf, bevor der Lincoln Continental auf die Hauptstraße abbog.

KAPITEL 6

Jana wollte nicht hinter dem Müllcontainer hervor kommen, bevor Marco nachgesehen hatte, dass der Lincoln Continental nicht mehr auf dem Parkplatz stand. Also raffte sich Marco auf und schlich im Schutz der Dunkelheit über die Auffahrt vom Diner. Obwohl er die windigen Typen auch gesehen hatte, fragte er sich insgeheim, ob Jana vielleicht paranoid war, weil sie ihm nicht sagen wollte, warum die nach ihr suchten. Schließlich machte er Jana ein Zeichen, dass die Luft rein war. Daraufhin gingen beide langsam am Abgrenzungszaun vom Parkplatz entlang bis an die Hauptstraße.

»Und, wie soll´s jetzt weitergehen?«

»Weiß nicht – trau mich nicht in die Wohnung zurück«, sagte Jana kleinlaut und sah ängstlich die Straße hinunter. Außer einigen Taxis waren kaum Autos unterwegs. Marco entschloss sich die Initiative zu ergreifen.

Marco stellte sich an die Straße und winkte das nächstbeste Taxi herbei. Er wollte Jana nicht im Stich lassen und hatte sich entschieden, dass sie bei ihm Zuhause am besten aufgehoben war.

Jana stieg erleichtert hinten in das Taxi. Marco setzte sich nach vorn neben den Taxifahrer und sagte ihm nur einen Straßennamen. Marco und Jana wechselten während der Fahrt kein Wort miteinander. Jana blickte ab und zu aus dem Rückfenster, um sich zu vergewissern, dass sie nicht verfolgt wurden. Marco wusste nicht, was er von der ganze Sache halten sollte. Trotzdem gab er dem Taxifahrer nicht seine Adresse und beschrieb ihm nur, wie man auf dem kürzesten Weg das Wohnviertel fand. Als sie schließlich dort eintrafen, ließ er den Fahrer ein Stück weit entfernt von seinem Reihenhaus anhalten und bezahlte den Mann.

Er hatte genug Agententhriller gesehen um zu wissen, dass einige Taxifahrer für Geld jedem gerne Auskunft gaben, wohin sie ihren letzten Fahrgast gebracht hatten. Vielleicht wurde er jetzt Paranoid. Aber er wollte nichts dem Zufall überlassen und bekam zudem das Gefühl, Jana beschützen zu müssen.

Marco schloss die Haustür auf. Er steckte kurz seinen Kopf in den Türspalt und horchte. Tanja hatte die Wohnung überstürzt verlassen, nachdem Marco sie in flagranti mit ihrem Lover erwischt hatte. Den Schlafzimmerschrank hatte sie leergeräumt, aber ein paar Klamotten lagen noch überall herum. Außerdem hatte sie immer noch den Hausschlüssel. Tanja konnte jederzeit auftauchen, um ihre übrigen Sachen zu holen. Also ging Marco leise mit Jana durch den Flur an der Treppe vorbei, die ins obere Stockwerk führte. In seinem Wohnzimmer ließ sich Jana ermattet auf das Sofa fallen.

»Warte hier – bin gleich wieder da!«, flüsterte Marco und verschwand wieder im Flur.

Jetzt wunderte sich Jana über Marco und seine Geheimniskrämerei. Sie stand auf und sah sich im Wohnzimmer um. Es war ziemlich modern eingerichtet. In einem Medienboard stand ein großer LED-Fernseher und darunter ein DVD- und ein CD-Player. In einigen Regalen daneben standen jede Menge Filme. In den Schubladen darunter waren CD´s. An der Fensterfront zum Garten verzierte eine Ecke eine Zimmerpflanze, die mal wieder gegossen werden musste, dass ansonsten kahl wirkende Wohnzimmer.

An der Wand neben dem Durchgang zum Flur stand ein Bücherregal. Jana bemerkte erstaunt, dass dort nur Bestseller aus der Romanliteratur ihren Platz hatten. Plötzlich durchquerte Marco das Wohnzimmer in Richtung Küche und Jana lief ihm schnell hinterher.

»Sind wir bestimmt alleine?«, fragte Jana leicht irritiert, denn sie fand sein Verhalten komisch. Marco schaute in den leeren Kühlschrank, fand aber außer ein bisschen Aufschnitt, Margarine und ein paar einsame Tomaten, nur eine halbvolle Flasche Rotwein. Er nahm sie heraus und drehte sich zu Jana, die im Türrahmen stehend misstrauisch zu ihm sah.

»Hab mich erst kürzlich getrennt«, erwiderte Marco beiläufig und holte eine angebrochene Chipstüte aus dem Küchenboard.

»Du erzählst kein Scheiß, oder? Hab kein Bock auf'n Eifersuchtsdrama!«

Marco schüttelte kurz mit dem Kopf und ging an Jana vorbei ins Wohnzimmer. Er stellte alles auf dem Glastisch vor der Ledercouch ab und holte aus einer Vitrine zwei Weingläser.

Jana schaute ihm notgedrungen dabei zu und setzte sich schließlich wieder auf die Couch. Marco reichte ihr ein Glas mit Wein und sah sie dabei nachdenklich an.

»Alles okay? Wie fühlst du dich?«

Jana probierte ein Schluck von dem Rotwein, während Marco sein Weinglas füllte, und sich dann in einen Ledersessel fallen ließ.

»Bin total fertig – hoffe nur, dass uns niemand gefolgt ist«, antwortete Jana erschöpft.

Jana holte ihre Zigaretten aus der Handtasche und zündete sich eine an. Sie inhalierte zweimal und hielt Marco die Schachtel hin. Er nahm sich einen Glimmstängel raus und ließ sich von Jana Feuer geben. Er bließ den Rauch bedächtig in die Luft und bemerkte erst jetzt, wie schwer sich seine Glieder anfühlten.

»Magst du mir erzählen, wie du zu diesem Job gekommen bist?«

Jana nahm sich erst ein paar Chips aus der Tüte und spülte sie mit Wein herunter. Sie überlegte krampfhaft, ob sie die Frage beantworten sollte.

»Ach, dass ist eine blöde Geschichte«, sagte sie ausweichend und schaute Marco frustriert an. Marco goss sich noch ein bisschen Wein nach. Jana hielt ihm schnell ihr Glas hin. Er schüttete einfach den Rest aus der Flasche hinein.

»Ich war naiv und hab jemand vertraut dem ich nicht hätte trauen dürfen«, erklärte Jana kurz.

Marco dachte an seine Ehe und fragte sich zum hundertsten mal, wie lange Tanja ihn schon mit einem anderen betrogen hatte. Er kam sich in der Rolle als gehörnter Ehemann auch naiv vor.

»Kann schneller passieren als man denkt.«

Beide tranken noch einen Schluck Rotwein und naschten die restlichen Chips. Schließlich nahm sich Jana eine Decke, die auf dem Sofa lag und kuschelte sich darin ein.

»Ich wurde in´er Disco angesprochen, ob ich Lust auf´n Modelljob in Deutschland hätte. Der

Typ sah eigentlich seriös aus. Er hat echt coole Fotos in seinem Atelier von mir gemacht.«

Marco konnte sich gut vorstellen, wie Jana mit ihrem attraktiven Körper vor einer Leinwand posierte. Er fühlte sich irgendwie ertappt und blickte Jana verlegen an.

»Ähm – und wie ging's weiter?«

Jana fielen langsam die Augen zu.

»Willst du das wirklich alles hören?«

Marco raffte sich mühsam aus dem Sessel hoch und gab Jana ein Kissen. Sie nahm es dankbar an und legte es sich unter ihren Kopf. Dabei schauten sich beide ganz verliebt in die Augen.

»Schlaf jetzt. Wir können auch noch morgen weiter reden«, sagte Marco mit sanfter Stimme. Er unterdrückte sein Verlangen, ihr einen Gute-Nachtkuss auf die Stirn zu drücken.

Danach verließ er das Wohnzimmer und begab sich in den ersten Stock hinauf. Er putzte sich schnell im Bad die Zähne und ging zögernd ins Schlafzimmer, worin seine Ex noch vor kurzer Zeit mit einem anderen ge-bummst hatte. Er wusste nicht, ob er in dem Ehebett überhaupt ein Auge zu tun konnte, ohne diese Bilder aus dem Kopf zu bekommen.

KAPITEL 7

Der Lincoln Continental rollte langsam über den Schotter eines Stellplatzes für alte Ami-Schlitten. Lutscher lenkte den Wagen an einer Reihe Straßenkreuzer aus den 70´gern vorbei.

»Halt an, ich muss noch´n bisschen frische Luft schnappen«, murmelte Beule leicht ermüdet.

Lutscher blickte seinen Partner verwundert an und hielt neben einem verrostetem Oldsmobil.

»Was ist – warum guckst du so?«, fragte Beule zögernd, bevor er die Beifahrertür öffnete.

»Shaddow wartet nicht gern!«

Lutscher machte den Motor aus. Dann stiegen die beiden Bodyguards aus dem Wagen und gingen an den alten Straßenkreuzern vorbei auf einen heruntergekommenen Wohnwagen zu.

Shaddow betrieb das Business eigentlich nur, um einem offiziellen Gewerbe nachzugehen. Ein schlauer Steuerberater hatte ihm zu diesem Scheingeschäft geraten. Dadurch konnte er die Gewinne vor dem Finanzamt aus dem Zuhälter Milieu besser verschleiern. Schließlich mussten die illegalen Einnahmen gewaschen werden.

Die Wohnwagentür war nur angelehnt. Beule machte die Tür auf, woraufhin ihm ein Schwall dicker Zigarrenrauch entgegen wehte. Lutscher betrat zögernd das provisorisch eingerichtete Büro, dicht gefolgt von Beule. Sie hatten beide ein schlechtes Gewissen. Sie waren die Gegend um das Diner auf der Suche nach Jana erfolglos abgefahren und wussten, dass Shaddow nicht gerade zimperlich war, wenn es um Probleme mit seinen Nutten ging.

Ihr Boss saß offensichtlich im hinteren Bereich des Wohnwagens an seinem Schreibtisch. Er kehrte Lutscher und Beule den Rücken zu und hatte eine Havanna im Mundwinkel.

Unmittelbar vor dem Schreibtisch standen zwei Campingstühle. Die Bodyguards sahen wortlos auf die Rückenlehne des Chefsessels, in dem Shaddow nachdenklich seine Zigarre paffte.

Schließlich nahmen die beiden auf den Stühlen Platz. Lutscher zog vorsichtig einen Lolly aus der Seitentasche seines schwarzen Anzugs und steckte ihn sich in den Mund. Nachdem er aufgehört hatte zu Rauchen, war dass die einzige Ersatzbefriedigung, womit er den Drang nach Nikotin unterdrücken konnte. Darum hatte er diesen Spitznahmen bekommen. Im Zuhälter-Milieu wurde niemand mit einem bürgerlichen Namen angeredet. Auf dem Kiez hatte jeder einen markanten Spitznamen. Sein Partner hieß Beule, weil er sich manchmal prügelte, wenn er betrunken war. Er provozierte in den Kneipen irgendwelche halbstarken Jungs. Am nächsten Tag konnte man an seinem Gesicht unschwer erkennen, wer die Schlägerei gewonnen hatte.

Shaddow drehte sich langsam in dem ledernen Chefsessel um, und funkelte seine Bodyguards angesäuert an.

»Warum hat das so lange gedauert? Ich warte hier seit Stunden auf die Kohle.«

Beule holte aus der Innentasche seines Anzugs ein Bündel Geldscheine und legte sie auf den Schreibtisch.

»Boss, die Nutten haben Wochenende und sind unterwegs«, sagte Beule kleinlaut.

Shaddow schnappte sich das Geldbündel und begann die Scheine zu zählen. Er brauchte eine Weile und wurde immer unzufriedener.

»Ich glaub, ich spinne! Ist das alles? Ihr lasst euch von den Weibern einwickeln. Eine davon will sogar aussteigen und glaubt sie kann mich verarschen«, erwiderte Shaddow lautstark und haute mit der Faust auf den Schreibtisch.

»Doch nicht etwa dieses Flittchen Jana?«, fragte Lutscher daraufhin zögernd.

Shaddow sprang vom Chefsessel auf und nahm die Havanna aus dem Mund. »Was glaubst du, warum ich sie mir gestern vorgenommen hab?«

Lutscher kaute verunsichert auf seinem Lolly herum. Wenn er jetzt mit der Sprache herausrückte, war der Abend gelaufen. Beule knuffte ihn mit dem Ellenbogen in die Seite, um ihm klar zu machen, besser die Wahrheit zu sagen. »Die hab ich vor einiger Zeit in so´m American Diner mit´m Freier turteln gesehen.«

Shaddow beugte sich langsam nach vorne und stützte sich drohend mit den Fäusten auf dem Schreibtisch ab. Er hatte die Havanna zwischen Zeige- und Mittelfinger geklemmt und wurde fuchsteufelswild.

»Ich hab´s doch gewusst – auch noch nebenher Kasse machen, und ihr beiden Vollpfosten seht dabei auch noch zu. Schafft mir das Miststück sofort her!«, schrie Shaddow aus vollem Hals.

Die Campingstühle waren aus Kunststoff und knarzten, als sich Lutscher und Beule reflexhaft nach hinten gegen die Rückenlehne beugten.

»Boss – die hat sich mit dem Typ aus´m Staub gemacht!«, sagte Beule nur um sich irgendwie zu rechtfertigen.

Shaddow stand kurz davor, zu explodieren. Dennoch versuchte er sich zu beruhigen und machte ein kräftigen Zug an der Havanna. Er bließ den dicken Qualm direkt in die Gesichter seiner Bodyguards, und funkelte beide böse an.

»Wenn ihr die Schlampe nicht bis morgen gefunden habt, dann mach ich euch die Hölle heiß!«, drohte Shaddow unverhohlen.

Lutscher und Beule sahen sich betroffen an. Sie erhoben sich langsam von den Campingstühlen und verließen wie zwei geprügelte Hunde den Wohnwagen.

* * * * *

Die Bodyguards fuhren in dem Straßenkreuzer die Reeperbahn rauf und runter. Keiner von beiden sprach ein Wort. Beide wussten, dass sie Mist gebaut hatten.

Es war ihr Job die Nutten abzukassieren und im Auge zu behalten. Nebenbei sollten sie aufpassen, dass sich keine von den Weibern eine Extratour leistete. Dabei kamen sie manchmal auch selbst auf ihre Kosten, und bumsten die eine oder andere an lauen Sonntagen, wenn auf dem Strich meistens nicht viel los war.

Jetzt waren die beiden Bodyguards so geladen, dass sie erst mal einen wegstecken mussten. Sie fuhren die Meile ab und schnappten sich die nächstbeste Prostituierte, die gerade nichts zu tun hatte. In einer Seitenstraße hielten sie den Lincoln an und rissen ihr die Klamotten vom Leib. Lutscher machte schnell seinen Gürtel auf und zog umständlich die schwarze Anzughose runter. Er holte seinen schlaffen Penis raus und blickte das Mädel auffordernd an.

»Los Baby, worauf wartest du? Jetzt nimm ihn in den Mund«, befahl Lutscher.

Das blonde Mädel begann ihm einen zu blasen. Sie leckte zunächst ein paar mal über die Eichel und schob sich danach den Riesenschwengel in den Hals.

Der Lincoln Continental bot dem Trio auf der Rückbank genug Platz. Beule holte ein Tütchen mit Koks aus der Hosentasche. Lutscher fasste gelassen in die Innentasche seines Anzugs und nahm einen Spiegel heraus. Er gab ihn an Beule weiter, während die Blondine seinen Schwanz immer tiefer in ihren Hals gleiten ließ. Lutscher stöhnte erregt und holte noch einen Geldschein aus seiner Brieftasche.

Beule hatte das Koks bereits auf dem Spiegel in zwei säuberliche Linien aufgeteilt. Er nahm den Geldschein und rollte ihn zusammen. Danach hielt er sich das Röhrchen ans linke Nasenloch und zog sich eine *Line* rein.

Lutscher schnappte sich sogleich das Röhrchen und puderte sich ebenfalls die Nase. Beule kam jetzt auch in Stimmung und holte seinen Penis aus der Hose. Er massierte ihn ein bisschen, bis er richtig steif wurde. Als die Blondine seinen dicken Pimmel sah, machte sie die Beine breit und streckte ihm ihren süßen Arsch entgegen. Er schob seine Keule zwischen ihre Pobacken und begann sie von hinten ordentlich durch zu ficken. Dabei beugte er sich über sie und spielte mit ihren Titten. Beule massierte ihre Nippel und brachte die kleine Nutte in Stimmung.

Die Blondine grunzte, während sie Lutscher´s Schwanz weiter professionell bearbeitete. Sie massierte mit einer Hand seinen langen Kolben und ließ die Eichel über ihre Lippen gleiten.

Beule poppte sie von hinten in die Muschi. Sein Prügel berührte ihren G-Punkt und machte sie richtig heiß. Er rieb über ihre harten Knospen und bumste sie ordentlich durch.

»Ja - fick mich bis ich komme, du geiler Bock!« Beule packte mit den Händen ihre Hüfte und rammte dem Mädel seinen dicken Pimmel bis zum Anschlag in die Muschi.

Dabei züngelte sie weiter an Lutscher´s Eichel herum. Plötzlich spritzte ihr der Sperma mitten ins Gesicht. Lutscher stöhnte und sah vergnügt dabei zu, wie sie sich seinen triefenden Pimmel schnell in den Mund steckte. Er kam sogleich nochmal. Sie schluckte den Saft und massierte seinen Schwengel kräftig mit der Hand weiter.

Sie leckte und schleckte die Eichel rundherum ab und fuhr unablässig mit der Zunge darüber. Beule poppte sie weiter ganz heftig durch. Sein Penis stieß dabei fortwährend an ihren G-Punkt und machte sie ganz wild.

»Fick mich ganz tief! Ich komme auch gleich!« Beule umklammerte ihre Hüfte und rammte ihr sein dicken Schwanz in die Vagina. Er grunzte wie ein Schwein und bekam einen gigantischen Orgasmus.

Lutscher rieb seine Eichel über ihre Lippen und schob ihr seinen Pimmel wieder in den Mund. Sie leckte begierig mit der Zunge den langen Stängel, während Beule ihre Muschi randvoll spritzte. Die Blondine jauchzte vor Erregung. Beule´s dicke Eichel berührte unablässig ihren G-Punkt. Sie spreizte ihre Beine ganz weit und bekam einen multiplen Orgasmus.

Lutscher konnte ebenfalls nochmal abspritzen. Sein Sperma schoss in ihren Rachen. Sie zog den Pimmel raus und musste schlucken. Die beiden Männer spritzen die Blondine randvoll. Sie stöhnten und grunzten. Der Sperma rann der Blondine aus dem Mundwinkel und ihrer geweiteten Spalte.

Schließlich war der Spaß vorbei. Das Mädel zog ihr Höschen hoch und streifte sich ihr Top über die vollen Brüste. Lutscher machte zufrieden seine Hose zu und kletterte nach vorne auf den Fahrersitz. Er drehte den Zündschlüssel und startete den Wagen, während Beule noch dabei war, sich sein Glied in die Hose zu stopfen und den Reißverschluss zu schließen.

Lutscher hielt kurz am Straßenstrich und ließ die Blondine aussteigen. Sie öffnete wortlos die Hintertür und stellte sich wieder in die Reihe zu den anderen Nutten.

Lutscher wollte nicht noch mehr Zeit verlieren und trat auf´s Gaspedal. Beule steckte sich eine Zigarette an, während Lutscher vor mehreren einschlägigen Lokalen anhielt. Beule kurbelte das Seitenfenster runter. Er befragte einige von den Türstehern nach Jana.

Es dämmerte bereits und der Betrieb auf dem Kiez nahm immer weiter ab. Niemand hatte Jana irgendwo gesehen, was in Beule´s Augen auch nicht wirklich zu erwarten war. Er schlug vor, zu der gemeinsamen Wohnung zu fahren, die Jana sich mit Babsi teilte.

Lutscher parkte den Lincoln Continental in der Hafenstraße vor einem Altbau in dem die zwei Mädels wohnten. Lutscher war vom Sex total müde. Er blieb im Wagen und mümmelte noch einen *Lolly*. Er sah zu, wie Beule wieder aus der

Haustür kam und seinen Zigarettenstummel auf die Straße schnippte. Beule öffnete entnervt die Wagentür und ließ sich in den Beifahrersitz fallen.

»In der Wohnung ist niemand!«

Lutscher startete den Wagen und gab Vollgas.

»Verdammt! Shaddow wird uns den Arsch aufreißen, wenn wir sie nicht finden.«

Er brauste die Hafenstraße hinunter und bog mit quietschenden Reifen auf die David-Straße ab.

»Fahr nochmal die Meile runter«, sagte Beule, obwohl ihm klar war, dass sie damit ihre Zeit verschwendeten.

KAPITEL 8

Marco hatte fast die ganze Nacht kein Auge zu-
getan. Obwohl er Hunde-müde war, gingen
ihm alle möglichen Gedanken durch den Kopf.
Seine Hauptsorge war, dass Jana was passieren
könnte. Dann die beiden finsteren Typen vorm
Diner. Warum suchten sie Jana und was hatte
sie angestellt, weshalb sie sich nicht mehr nach
Hause traute?
Dabei wurde ihm klar, dass er eigentlich nichts
über Jana wusste. Trotzdem hatte sie im Sturm
sein Herz erobert. Darüber hinaus ließ ihn das
unbestimmte Gefühl nicht mehr los, dass er ein
schicksalhaften Wendepunkt erreicht hatte.
Man hatte ihm mit der Entlassung aus einem
langweiligen Job, der irgendwie auch seine Ehe
ruinierte, einen Gefallen getan.
Er nahm sich vor, sein Leben ab jetzt selbst in
die Hand zu nehmen und verschwendete keine
Gedanken mehr an die vergangenen Tage.
Schließlich versank er dann doch in einen tiefen
Traumlosen Schlaf, aus dem er plötzlich wieder
erwachte. Die Vögel zwitscherten und draußen
dämmerte es bereits. Er beschloss aufzustehen
und unter die Dusche zu gehen.
In der Schlafzimmerkommode fand er eine alte

verschlissene Jeans wieder, die er in der Jugend während seiner *Sturm und Drang Zeit* über alles geliebt hatte. Dazu streifte er sich ein weißes Poloshirt von Lacoste über. Danach warf er ein kurzen Blick ins Wohnzimmer.

Jana lag immer noch auf dem Sofa und kehrte ihm den Rücken zu. Er ließ sie weiterschlafen und ging wieder in den Flur. Dort zog er seine Anzugjacke von Armani an, was er irgendwie originell fand und verließ das Haus.

Normalerweise holte Tanja nach ihrem Jogging die Brötchen. An diesem Morgen kaufte Marco beim Bäcker alles, was ihm zu einem leckerem Frühstück einfiel.

Als Marco wieder zurückkam, hatte er eine volle Tüte mit Brötchen und Croissants und ein paar andere Sachen dabei. Er ging leise in das Wohnzimmer. Jana schlief immer noch auf der Couch und räusperte sich kurz. Danach drehte sie sich um. Also schlich er sich in die Küche und begann damit Frühstück zuzubereiten.

Nach einer Weile stand Jana überraschend im Türrahmen. Sie blickte ihn mit zugekniffenen Augen müde an und sah aus, wie ein Chinese auf Urlaub.

»Wo kann ich mich hier frischmachen?«, fragte Jana ziemlich verschlafen.

»Ähm – Moin. Hab ich dich geweckt?«, fragte Marco überrascht, während er gerade in einer Pfanne Rührei mit Speck briet.

Jana schüttelte den Kopf und warf einen Blick auf den gedeckten Küchentisch. In der Mitte stand eine Schale mit Brötchen und Croissants. Außerdem hatte Marco beim Bäcker, Butter, Honig und Kaffee eingekauft, der gerade in der Maschine durchlief.

»Nein – Appetit auf ein robustes Frühstück.«

»Moment, ich zeig dir schnell oben alles!«

Marco machte die Herdplatte aus und ging mit Jana in den ersten Stock. Er brachte sie ins Bad und suchte dort schnell nach einer unbenutzten Zahnbürste und Handtücher. Jana begann sich währenddessen zu entkleiden. Als Marco sich umdrehte, stand sie halbnackt vor ihm.

»Oh – entschuldige. Ich wollte nicht … «, sagte Marco etwas verlegen.

Jana schaute Marco amüsiert an, der kurz wie hypnotisiert ihre wohlgeformten Brüste ansah.

»Bist du schüchtern?«, fragte Jana verschmitzt lächelnd.

Marco wurde plötzlich rot im Gesicht und gab Jana schnell ein Handtuch.

»Ähm – nicht direkt«, stammelte Marco und wendete sich schnell ab. Doch im Spiegel sah er

Jana verstohlen dabei zu, wie sie ganz bewusst ihre weiblichen Reizen einsetzte. Sie wackelte mit dem Po, während sie langsam den Slip auszog und danach den Duschvorhang zumachte.

* * * * *

Für Lutscher und Beule war in dieser Nacht ebenfalls nicht an Schlaf zu denken gewesen. Shaddow hatte ordentlich Druck gemacht und befohlen, jeden verborgenen Winkel auf dem Kiez nach Jana abzusuchen. Als schließlich der Morgen anbrach, standen sie mit dem Lincoln Continental auf dem Seitenstreifen unweit der Davidwache.

Lutscher saß im Wagen und beobachtet gerade aus einige Entfernung den Straßenstrich. Er sah übermüdet aus. Sie hatten sich entschlossen abzuwarten, bis Jana´s Freundin Babsi auftauchte. Plötzlich ging die Beifahrertür auf und Beule stieg mit zwei großen Pappbechern voll Kaffee und einer Tüte vom Bäcker ein.

»Ist Jana´s Freundin schon aufgetaucht?«

»Würde ich dann noch hier sitzen?«, brummte Lutscher genervt.

Beule reichte seinem Partner einen der Becher. Lutscher trank ein Schluck und verbrannte sich beinahe die Zunge. Er stellte ihn schnell auf der Mittelkonsole ab und fluchte laut.

»Scheiße – kannst du mich nicht vorwarnen!« Beule hielt Lutscher die Tüte vom Bäcker unter die Nase. Er sah missmutig hinein und nahm sich ein belegtes Brötchen raus. Danach fingen die beiden Bodyguards an zu Frühstücken.

»Verdammt, wo steckt dieses Weib?«, brummte Lutscher und trank ein Schluck Kaffee.

»Vielleicht ist sie noch beim Freier«, erwiderte Beule mit vollem Mund.

Lutscher warf in dem Moment einen Blick aus dem Seitenfenster und entdeckte Babsi, wie sie gerade in einem Kontakthof verschwand.

Lutscher warf den Pappbecher aus dem Fenster und sprang aus dem Wagen. Er rannte über die Straße in den Kontakthof.

Beule sah ihm erstaunt hinterher und schmiss sein Brötchen in die Tüte. Er zog die Waffe aus dem Schulterhalfter und lud sie durch. Danach öffnete er die Beifahrertür und stieg aus.

Kurz darauf kam Lutscher mit Babsi aus dem Kontakthof. Er schleppte sie rüde am Arm über die Straße. Babsi wehrte sich und stolperte über den Bürgersteig am Heck des Continental vorbei auf Beule zu. Der gab ihr sofort eine heftige Ohrfeige. Babsi taumelte gegen die Hauswand.

Lutscher packte sie grob am Kinn und drehte ihren Kopf in seine Richtung.

»Wo ist Jana?!«

Babsi blickte Lutscher ängstlich in die Augen und schwieg. Er holte ein Springmesser aus der Tasche und ließ die Klinge dicht vor ihrer Nase aufschnappen. Dann hielt er Babsi das Messer an die Kehle.

»Ich hab dich was gefragt, Miststück!«

Babsi verließ der Mut. Angstschweiß trat auf ihre Stirn und sie bekam weiche Knie.

»Ich – ich weiß wirklich nicht, wo … Auah!«

Beule verdrehte ihr schmerzhaft einen Arm auf den Rücken und neigte seinen Kopf ganz dicht an ihr linkes Ohr.

»Jetzt hör gut zu, du Schlampe. Wenn du nicht mit der Sprache raus rückst, schleppen wir dich gleich zu Shaddow!«

Babsi versuchte sich verzweifelt aus dem Griff zu winden. Bei dem Gerangel schnitt Lutscher sie ungewollt mit dem Messer am Kinn. Es war nicht wirklich seine Absicht, sie im Gesicht zu verletzen, denn die Nutten sollten schließlich hübsch aussehen, um möglichst viele Kunden auszunehmen.

»Ich war Gestern mit Jana auf einer Party. Nach einer Schlägerei ist sie einfach abgehauen, und seitdem nicht mehr zu Hause gewesen«, sagte Babsi mit flehendem Blick auf die Bodyguards gerichtet. Beule lockerte daraufhin ein wenig den Griff.

Lutscher guckte Babsi ungläubig an und stützte sich mit einer Hand an der Hauswand neben ihrem Kopf ab, während er das Messer langsam sinken ließ.

»Wo war die scheiß Party?«

Babsi fuhr sich mit einer Hand über´s Kinn. Sie machte eine schmerzverzerrter Miene und sah panisch auf das Blut an den Fingern. Lutscher grinste schief und gab ihr ein Taschentuch.

»Bei einem Freier von mir.«

Beule durchwühlte Babsi´s Handtäschchen und holte ihr Handy raus. Danach hielt er es Babsi auffordernd unter die Nase.

»Den rufst du jetzt an. Frag nach dem Typ, mit dem Jana sich verdünnisiert hat. Klar?!«

Babsi nickte zögernd und durchsuchte auf dem Handy ihre Kontakte.

»Mach hin, wir hab´n nicht ewig Zeit!«, drängte Lutscher und gab ihr einen leichten Klaps auf den Hinterkopf.

Nachdem Lutscher und Beule erfahren hatten, mit wem Jana sich herumtrieb, schickten sie Babsi wieder auf den Strich. Dann stiegen beide zufrieden in den Continental. Lutscher startete den Motor. Während er den ersten Gang einlegte, schaute Beule durchs Seitenfenster und sah, wie sich Babsi schwerfällig über die Straße schleppte und auf dem Bürgerteig wieder unter die Prostituierten mischte.

»Hab ich´s dir nicht gesagt. Am Ende singt jede Bordsteinschwalbe.«

Lutscher wartete noch eine Weile, bevor er losfuhr. Er beobachtete Babsi kritisch, wie sie sich mit einem Puderquast die eingeritzte Wunde am Kinn abtupfte, und danach den Lidschatten nachzog.

»Ich hoffe, dass die Schlampe uns die richtige Adresse gesagt hat, sonst mach ich sie kalt!«

Lutscher rangierte den Straßenkreuzer aus der Parklücke und trat das Gaspedal voll durch. Er raste mit durchdrehenden Reifen schnell auf die Kreuzung David-Straße – Ecke Spielbuden-Platz über eine gelbe Ampel und verließ kurz darauf die Reeperbahn in Richtung Niendorf.

* * * * *

Jana hatte sich nach dem Duschen mit großen Appetit über das Frühstück hergemacht. Jetzt lag nur noch ein Brötchen in der Schale. Marco halbierte es und bot Jana die Oberseite an, aber sie schüttelte mit dem Kopf und goss sich den restlichen Kaffee in ihren Becher. Danach stand Jana auf und ging ins Wohnzimmer, um ihre Zigaretten zu holen. Als sie die Packung aufmachte, stellte sie frustriert fest das sie leer war. Kurz darauf stand sie im Türrahmen der Küche und sah Marco fragend an.

»Gibt´s hier irgendwo´n Zigarettenautomat?« Marco legte sogleich das angebissene Brötchen auf den Teller und erhob sich.

»Warte, hab welche besorgt.«

Marco ging in den Flur und suchte vergeblich in der Seitentasche von seinem Armani-Blazer nach einer Packung Malboro. Er überlegte kurz und dachte, dass er sie nur im Auto vergessen haben konnte. Er zog den Blazer an und öffnete die Haustür. Auf dem Weg zum BMW suchte er den Autoschlüssel in den Innentaschen vom Anzug und fand die Zigarettenpackung.

Marco wollte umkehren, doch dann bemerkte er verblüfft, dass der rechte Vorderreifen von seinem Wagen total platt war. Er besah sich die Bescherung und untersuchte den Reifen auf ein Nagel oder Glassplitter, aber das schien nicht die Ursache zu sein. Er richtete sich wieder auf und ging um das Auto herum.

Dabei stellte er überrascht fest, das alle anderen

Reifen auch platt waren. Marco ging nochmal in die Hocke und überprüfte den Hinterreifen. Er kratzte sich verwundert am Hinterkopf und als er wieder hochkam stand Beule vor ihm.

Der holte sofort aus. Marco duckte sich und konnte dem ersten Schlag ausweichen. Bei dem darauffolgenden Leberhaken ging er japsend in die Knie. Als Beule nochmal zuschlagen wollte, rammte ihm Marco schnell seinen Kopf in die Magengrube. Beule stürzte ächzend zu Boden. Marco verlor das Gleichgewicht und purzelte über ihn. Er drehte sich blitzschnell um und versetzte Beule einen linken Haken.

Beule steckte den Schlag weg und versuchte benommen in dem darauffolgenden Gerangel seine Pistole aus dem Halfter zu ziehen. Marco bekam jedoch seine Arme zu fassen und in dem Handgemenge löste sich plötzlich ein Schuss. Beule zuckte zusammen. Ihm entglitt die Waffe und dann wurde er kreidebleich!

In dem Moment kam Lutscher aus dem Haus. Er zerrte Jana hinter sich her. Sie schlug wild um sich und er hatte alle Hände voll zu tun sie zu bändigen. Schließlich gewann Lutscher die Oberhand, indem er mit beiden Armen ihren Bauch umschlang. Marco rappelte sich hinter dem Heck vom BMW hoch, und schnappte sich

geistesgegenwärtig Beule´s Waffe, der jetzt reg-
los am Boden lag. Lutscher sah Marco verblüfft
an, der plötzlich mit einer Pistole auf ihn zielte.
»Sofort loslassen, oder ich schieße!«
Lutscher nahm zögernd den rechten Arm von
Jana´s Hüfte, doch mit dem anderen hielt er sie
weiter wie ein Schutzschild fest. Sie verdeckte
ihn halb, wodurch es ihm unbemerkt gelang in
seine Hosentasche zu greifen.
Noch bevor Marco erkannte, was Lutscher vorhatte, klappte vor Jana´s Gesicht die Klinge des
Springmesser auf. Jana zappelte wild mit den
Beinen, als er ihr die Klinge an die Gurgel hielt.
»Schieß doch, dann ist das Flittchen endlich
still!«, sagte Lutscher grinsend.
Marco zögerte mit einer Antwort. Er wusste,
dass er im Nachteil war. Er hatte mit Waffen
keine Erfahrung und gefährdete in der Postion
nur Jana. Gerade als er die Pistole schon runter
nehmen wollte, trat Jana mit dem Absatz ihres
rechten Schuhs Lutscher auf die Fußspitze.
Lutscher fluchte und war abgelenkt. Er ließ das
Messer kurz sinken und machte mit dem Fuß
reflexhaft ein Schritt zurück. In dem Moment
holte Jana aus und rammte ihm rücklings den
rechten Ellenbogen unters Kinn.
Lutscher taumelte benommen zurück und ließ

sie los. Jana rannte schnell zu Marco. Er nahm sie erleichtert in die Arme und baute sich dann schützend vor Jana auf. Danach gingen beide langsam ein paar Schritte rückwärts.

Marco hielt die Waffe weiterhin auf Lutscher gerichtet und drehte seinen Kopf zu Jana.

»Nimm meine linke Hand und dann laufen wir einfach drauf los.«

Jana umfasste Marco´s Hand. Dann drehten sie sich um und rannten schnellstens die Auffahrt runter. Lutscher riss wütend seine Kanone aus dem Halfter und zielte. Er krümmte langsam den Zeigefinger. Marco und Jana überquerten die Straße und hechteten über die Büsche eines Vorgartens vom gegenüberliegenden Haus.

»Verdammte Scheiße!«, fluchte Lutscher und biss die Zähne zusammen. Als die beiden um eine Hausecke bogen, ließ er die Pistole sinken. Beule lag immer noch in der Auffahrt hinter dem BMW auf dem Boden und kam stöhnend wieder zu sich.

Lutscher steckte genervt die Waffe zurück ins Schulterhalfter und ging zu seinem Partner.

»Bist du verletzt?«, fragte Lutscher mürrisch und sah Beule verständnislos an.

Beule versuchte aufzustehen und machte dabei eine schmerzverzerrte Miene. Lutscher wollte seinem Partner hoch helfen und hielt Beule eine Hand hin. Der sah ihn zunächst wütende an.

»Warum haste den verdammten Wichser nicht abgeknallt?«, fragte Beule und nahm schließlich zögernd die helfende Hand von Lutscher an, um wieder auf die Beine zu kommen.

»Wir sin hier nich auf´m Kiez, Alter!«

Beule hatte sichtbar weiche Knie. Lutscher sah, dass die Haustür immer noch offen stand und schleppte seinen Partner ins Haus. Der stützte sich mit einem Arm auf Lutscher´s Schulter ab, während er ihn durch den Hausflur schleppte. Nachdem beide es schließlich ins Wohnzimmer geschafft hatten, bugsierte Lutscher seinen angeschlagenen Partner auf das Sofa.

»Brauchst du´n Arzt?«

Beule sah an sich hinunter und blickte entsetzt auf seine linke Hüfte. Das Hemd hatte ein Loch und war blutrot. Er zog vorsichtig sein Hemd hoch. Nichts zu sehen! Er machte die Hose auf.

»Was hast du vor? Glaubst du, dein Dödel ist abgefallen?«

Beule schob die Hose vorsichtig über die Hüfte. Er sah wie gebannt auf einen Streifschuss, der ziemlich heftig blutete. Plötzlich verdrehte er die Augen und verlor wieder das Bewusstsein.

KAPITEL 9

Marco und Jana flohen völlig kopflos durch die Wohnsiedlungen. Dabei mieden sie die Straßen und kämpften sich mühsam zwischen Hecken und Sträuchern von Mietshäusern hindurch in die rückwärtig liegenden Gärten.

Sie überquerten Wiesen und Felder, bis sie an eine Böschung gelangten. Dort kletterten sie einfach runter und liefen neben dem Gleisbett auf einen etwa zweihundert Meter entfernten U-Bahntunnel zu.

In der Nähe des Tunnels machten sie erst mal an einem Signal-Häuschen halt und versteckten sich hinter einem Bretterverschlag.

»War'n das die Typen von gestern Abend?«, fragte Marco und beobachtete argwöhnisch die nähere Umgebung.

Jana ging völlig außer Atem in die Hocke und lehnte sich erschöpft mit dem Rücken gegen ein Brett. Sie zögerte mit der Antwort, denn ihr wurde schlagartig klar, dass nun auch Marco in Schwierigkeiten war.

Sie hatte Marco zwar nicht absichtlich in diese Sache mit hineingezogen, aber jetzt bekam Jana trotzdem ein schlechtes Gewissen, weil durch ihre Flucht vor den Bodyguards auch Marco in großer Gefahr war. Sie wusste, dass Shaddow´s Männer zu jeder krassen Schandtat fähig sind.

»Ja – die Typen geben so schnell nicht auf.«

Plötzlich näherte sich eine U-Bahn mit hoher Geschwindigkeit. Marco schrie laut gegen den ohrenbetäubenden Lärm von den Gleisen an.

»Warum sind die hinter uns her?«

Jana liefen ein paar Tränen über die Wange. Sie vergrub ihr Gesicht in den Händen, denn sie wollte vermeiden das Marco ihre Verzweiflung bemerkte.

»Du verstehst das nicht. Die sind vom Kiez und arbeiten für . . . «, antwortete Jana schluchzend und suchte in der Jeans vergeblich nach einem Taschentuch. Sie rieb sich mit den Händen über die Wangen und blickte Marco ängstlich an.

»Marco – ich hab dich da in was reingezogen. Lass mich das besser alleine regeln.«

Marco schaute zum Tunnel, aus dem jetzt eine U-Bahn in entgegengesetzter Richtung auf sie zukam. Sie raste schnell an ihnen vorbei und dann hatte er einen Entschluss gefasst.

Marco raffte sich auf und gab Jana seine Hand. Er zog sie hoch und hielt Jana tröstend im Arm.

»Ich werde dich nicht deinem Schicksal überlassen. Ich kenne da jemand im Raddisson-Blu Hotel, der uns vielleicht weiterhelfen kann.«

Jana guckte Marco erstaunt an. Sie hatte nicht damit gerechnet, dass er sich nach der heftigen Auseinandersetzung mit den Bodyguards noch weiter mit ihr abgeben würde, und sich bei der nächsten Gelegenheit aus dem Staub machte.

»Und wie sollen wir da hinkommen?«

Marco überlegte kurz. Das war eine berechtigte Frage. Sie hatten kein Geld, keinen fahrbaren Untersatz und keine Ausweise. Sie hatten nur ihre Klamotten am Leib und sonst nichts!

»Mit der U-Bahn«, erwiderte Marco mit einem verschmitzten Lächeln.

Marco und Jana fuhren *schwarz* mit der U2 bis zur Schlump. Dort stiegen sie sofort in die U3, um zum S-Bahnhof Sternschanze zu kommen. Von dort war es nur noch eine Haltestelle mit der S31 bis zum Dammtorbahnhof. Marco hielt während der ganzen Fahrt an jeder Station Ausschau nach Fahrkartenkontrolleuren.

Als sie schließlich am Dammtor-Bahnhof eintrafen, wähnte er sich schon in Sicherheit. Er ging mit Jana auf die Rolltreppe zu, die nach unten in die Vorhalle zum Ausgang führte.

Sie mussten sich ein Augenblick hinter einigen Fahrgästen anstellen. Marco erhob sich mit den Fußspitzen und blickte skeptisch die Rolltreppe hinunter in das Bahnhofsgebäude. Erschrocken von dem, was er dort unten gesehen hatte, zog er Jana sofort am Arm aus der Reihe.

»Fahrkartenkontrolle! Wir können uns nicht ausweisen und haben auch kein Geld.«

»Scheiße – was soll'n wir jetzt machen? Wenn die uns hier erwischen, holen die bestimmt die Bullen!«, flüsterte Jana ängstlich.

Marco versuchte die Nerven zu behalten und sah sich auf dem Bahnsteig um. Es gab noch einen Hinterausgang. Er hoffte inständig, dass dort nicht kontrolliert wurde.

»Keine Panik. Es gibt weiter hinten noch einen anderen Ausgang.«

Marco nahm Jana an die Hand und schlenderte mit ihr möglichst unauffällig bis ans Ende vom Bahnsteig. Dort befand sich eine Treppe, die in einen Tunnel zum rückwärtigen Ausgang nach Planten & Bloomen führte, der ganz selten von Fahrgästen benutzt wurde.

Marco hielt vor der Treppe und warf vorsichtig einen Blick hinunter. Es war niemand zu sehen. Also lief er mit Jana die Stufen hinab, doch als sie nach links um die Ecke bogen, standen auch dort jede Menge Leute, die ihre Fahrkarten vorzeigen mussten.

Einer der Kontrolleure sah, wie Marco und Jana umkehrten, und zum Treppenaufgang rannten.

»Halt, Sie da vorne – bleiben Sie sofort stehen!«
Marco und Jana ignorierten die Aufforderung.
Sie liefen so schnell wie sie konnten zurück und
hasteten die Treppe zum Bahnsteig hoch.
Marco sah sich panisch um und ergriff Jana's
Hand. Dann liefen sie auf eine Reklametafel zu
und versteckten sich notgedrungen dahinter.
Kurz darauf tauchte der Kontrolleur auf dem
Bahnsteig auf. Zunächst ging er an der großen
Reklametafel vorbei, doch dann blieb er stehen.
Er sah sich verwundert um und wechselte die
Bahnsteigseite. Dabei entdeckte er Marco und
Jana, die anscheinend ein Veranstaltungsplakat
studierten. Der Kontrolleur kam auf sie zu und
baute sich siegessicher vor ihnen auf.
»Zeigen sie mir ihre Fahrkarten!«, verlangte der
Kontrolleur von den beiden Flüchtigen und sah
sie dabei misstrauisch an.
Marco wühlte in den Hosentaschen herum und
tat so, als ob er seine Fahrkarte suchen würde.
Aus dem Augenwinkel bemerkte er, dass Jana
den Beamten anlächelte und mit ihm zu flirten
schien. Dann passierte etwas Merkwürdiges.
»Ваша жена снова здоров и сделать тебя
счастливым?«, fragte Jana auf Russisch und
zwinkerte dabei kurz mit dem linken Auge.
*(Ist ihre Frau wieder gesund und macht ihnen
Freude?)*

»Нет! Ум - Я имею в виду да. Благодарим Вас за Ваше беспокойство«, sagte der Kontrolleur und wirkte plötzlich nicht mehr so selbstsicher. *(Nein! Ähm – ich meine ja. Danke der Nachfrage.)* Daraufhin stellte sich Jana auf die Fußspitzen und gab dem Mann einen Kuss auf die Wange. Der Kontrolleur grinste verunsichert und setzte sich in Bewegung. Marco und Jana folgten ihm die Treppe hinunter.

Der Kontrolleur begleitete sie in den Tunnel bis zur Absperrung und nickte einem Kollegen zu. »Может быть ! Ähm – Alles Okay … können durch!«

Der andere Kontrolleur blickte seinen Kollegen kurz ungläubig an. Eine ungeduldige Frau hielt ihm ihre Fahrkarte vor die Nase, woraufhin er sie und die vermeintlichen Schwarzfahrer ohne eine Frage durch die Absperrung ließ.

Marco und Jana durchquerten schnellstens den Tunnel. Als sie am Ende herauskamen, machte Marco mit ihr einen kleinen Umweg bis vor das Eingangstor zu Planten & Bloomen. Als sie dort ankamen, konnten beide endlich verschnaufen.

»Was war das denn eben?«, fragte Marco und schaute Jana verwirrt an.

»Ein Kunde aus der Heimat!«, erwiderte Jana schmunzelnd.

KAPITEL 10

Am Rande des Parkgeländes stand ein ziemlich markantes Gebäude, in dem das Raddisson-Blu Hotel untergebracht war. Das Hochhaus glich einem Wolkenkratzer, der zu klein geraten war. Dort arbeitete ein ehemaliger Klassenkamerad an der Rezeption. Marco wollte ihn überreden, ohne die übliche Prozedur beim einchecken ein Zimmer zu bekommen. Er musste Jana erst mal in Sicherheit bringen, um in Ruhe überlegen zu können, wie es weitergehen sollte.

Vor dem Eingangsportal herrschte wegen einer Tagung reger Betrieb. Es hielten ständig Autos mit Hotelgästen. Sie stiegen aus, ließen sich von den Pagen die Koffer ins Hotel tragen und das Auto vom *Limo-Service* ins Parkhaus fahren.

Marco verbarg sich mit Jana hinter einer Säule von dem überdachten Portal. Er riskierte kurz einen Blick auf die Glasfront in die Hotellobby. Er sah aber nicht, wer an der Rezeption gerade Dienst tat. Jana wischte ihm mit der Hand den Straßenstaub vom Blazer, den er sich durch den Kampf mit Beule ziemlich ruiniert hatte.

»Am besten wartest du hier. Brauche bestimmt nicht lang«, sagte Marco und sah nochmal zum Eingangsportal. Viele Pagen waren mit den ankommenden Hotelgästen vollauf beschäftigt. Marco wollte keine unnötige Aufmerksamkeit erregen. Jana konnte kaum glauben, was Marco schon alles getan hatte, um sie zu beschützen. Sie streifte mit der Hand durch seine Haare, die ihm bei der Hektik in die Stirn gefallen waren.

»Was hast du vor? Willst du etwa für uns ein Hotelzimmer buchen?«

»Ja, aber nur wenn ein Schulkamerad von mir am Empfang arbeitet. Der drückt bestimmt mal ein Auge zu, wenn ich ihm erkläre … .«

»Nun geh schon und beeile dich!«

Jana drückte Marco einen Kuss auf die Wange. Danach ging Marco einfach zwischen den abfahrenden und ankommenden Autos hindurch auf den Hoteleingang zu.

Jana zündete sich nervös eine Zigarette an und beobachtete Marco, wie er sich durch die große Drehtür an Gästen vorbei zwängte und in der Lobby eines Viersterne-Hotels verschwand. Sie dachte an das Lockangebot des Fotografen und das vermeintliche Luxushotel, wo angeblich die Modellagentur eine Suite reserviert hatte. War es nur ein Zufall, dass Marco ihr ganz ähnliche Hoffnungen machte, oder wurde sie wieder in eine Falle gelockt? Sie wollte ihre Eltern endlich benachrichtigen und erklären was passiert war.

Ihre Mutter machte sich bestimmt große Sorgen um sie. Allerdings befürchtete sie, das ihr Vater die Schmach nicht ertragen konnte, und sie für immer aus der Familie verbannen würde.

Jana hatte die Zigarette schon fast auf-geraucht. Sie schaute ungläubig zum Eingangsportal des Hotels. Durch die verglaste Fensterfront konnte sie ein bisschen von der Lobby sehen. Marco stand an der Rezeption und unterhielt sich mit dem Empfangschef, der dabei mehrmals seinen Kopf schüttelte.

Kurz darauf kam Marco aus der Hotellobby. Er musste auf einen Mercedes warten, der gerade losfuhr und blickte zu Jana hinüber, die gerade ihre Zigarette an der Säule ausdrückte.

Er zuckte enttäuscht mit der Schulter und eilte unvorsichtig auf sie zu. Plötzlich bremste ein schwarzer Porsche Cheyenne ganz knapp vor ihm. Marco sprang zur Seite und haute mit der Hand erschrocken auf die Kühlerhaube.

Als er weitergehen wollte, öffnete sich gerade die Fahrertür und ein Mann mit graumelierten Haaren stieg aus der Luxuskarosse. Er kam auf Marco zu und hielt ihm die Autoschlüssel vor die Nase. Marco blickte den Mann irritiert an. »Nun machen sie schon, oder soll ich hier bis Morgen warten!«, sagte der Fahrer ungeduldig.

Marco brauchte einen Augenblick bis er begriff, was der Mann von ihm wollte. Offenbar dachte der Idiot, dass er beim Limo-Service arbeitete.

»Ähm – wie sie wünschen«, sagte Marco und schnappte sich den Autoschlüssel.

Er ging um den Wagen herum und öffnete mit einem Tastendruck die Heckklappe. Dort holte er einen Koffer und eine Aktentasche raus, die ihm der arrogante Typ eilig abnahm.

»Sehen sie sich beim einparken vor. Ein Kratzer und sie können ihren Job vergessen!«

Danach verschwand der ältere Herr durch die Drehtür in der Hotellobby. Jana hatte die Szene beobachtet und rannte schnell zu Marco.

»Was ist denn los?«

Marco wedelte mit dem Autoschlüssel vor ihrer Nase und schmunzelte.

»Einem arroganten Gaul, haut man nicht auf´s Maul!«

Jana ahnte sofort was Marco vorhatte und ging schnell um den Wagen herum, während Marco die Fahrertür aufmachte. Er setzte sich hinters Lenkrad und startete den Motor. Jana schwang sich auf den Beifahrersitz und machte schnell die Autotür zu. Marco trat das Gaspedal durch, wobei die Edelkarosse ein Satz machte. Marco bremste etwas, denn er musste sich zunächst an den PS-Boliden gewöhnen, bevor er noch damit jemand rammte. Es war ein Automatik. Wenn man das Gaspedal ganz durchtrat, schaltete das Getriebe schneller hoch, und der Wagen schoss wie eine Rakete über den Asphalt.

Er fuhr in Richtung Messehallen am Heinrich Herz Turm vorbei. Mit dem Porsche bekam er überall Vorfahrt. Er wollte jetzt so schnell wie möglich aus der Stadt raus.

Sie hatten vielleicht ein Zeitfenster von einem halben Tag. Der Besitzer würde zuallererst im Hotel einchecken. Dann ging er wahrscheinlich Mittagessen. Vielleicht hatte er auch eine super wichtige Tagung. Bis er schließlich feststellte, dass jemand seinen Porsche entwendet haben musste, war es hoffentlich spät Abends.

Marco vermied es, auf die Autobahn zu fahren, obwohl sie damit schneller an ihr Ziel gelangen würden. Er fuhr mit gemäßigtem Tempo über die Kieler-Straße. Hinter Quickborn kamen die ersten Wiesen -und Weizenfelder in Sicht. Kurz darauf befanden sie sich auf einer Landstraße in Richtung Schleswig-Holstein.

Jana wurde müde und schlief nach einiger Zeit ein. Marco fühlte sich plötzlich wie befreit. Die Landschaften glitten wie in einem Traum vorbei. Grüne Wiesen mit Kühen oder Pferden, die abwechselnd von Weizenfeldern und wiederum von kleinen Waldabschnitten unterbrochen wurden, ließen Marco die ganze Aufregung der letzten Stunden vergessen. Manchmal kam er an einem Gehöft vorbei.

Die Sonne senkte sich langsam dem Horizont entgegen und nahm einen orangeroten Farbton an. Schließlich ging sie unter und es begann zu dämmern, während Marco immer mal wieder einen Blick auf den Beifahrersitz warf, wo Jana vollkommen erschöpft zu schlafen schien.

KAPITEL 11

Während Beule einige Zeit lang bewusstlos auf der Couch in Marco´s Wohnzimmer herumlag, nutzte Lutscher die Gelegenheit das Haus zu inspizieren. Er suchte krampfhaft nach irgendwelchen Hinweisen, mit wem sie es eigentlich zu hatten. Sein Partner war nicht der Typ, den man einfach so platt machen konnte. Er musste schnellsten herausfinden, wohin sich der Freier mit Jana verdrückt haben könnte.

Er begann zunächst das Schlafzimmer auf den Kopf zu stellen. Er durchwühlte die Klamotten im Schrank und der Kommode. Dort entdeckte er ein Fotoalbum. Die Bilder verrieten ihm, das Marco verheiratet sein musste, denn es war voll mit Urlaubsfotos. Lutscher hätte die Frau nicht von der Bettkante gestoßen und er fragte sich, warum ihr Stecher mit´ner Nutte durchbrannte. Sie hätte ihm bestimmt verraten, wohin sich ihr Gatte verdrückt haben könnte.

Dann entdeckte er noch ältere Bilder aus denen er schließen konnte, dass der Gesuchte wohl Kampfsport gemacht haben musste. Jetzt war klar, warum Beule bei der Auseinandersetzung durch unverhofft starke Gegenwehr überrascht wurde. Er inspizierte noch schnell das Bad und erkannte an dem billigen Geruch vom Nutten-Parfüm, dass Jana hier drinnen gewesen sein musste. Aber er suchte etwas Wichtigeres. Als er wieder im Erdgeschoss war, fand er endlich eine Brieftasche. Sie lag in der Küche auf der Anrichte. Genau in dem Moment meldete sich Shaddow auf dem Handy.

Lutscher schilderte kurz, was passiert war und fragte, was er machen sollte. Shaddow wurde fuchsteufelswild und befahl ihm unverzüglich zum Automarkt zu kommen. Als Lutscher einwendete, dass Beule was abbekommen hatte und ohnmächtig auf der Couch lag, bekam er noch ein paar unverständliche Flüche zu hören und die Anweisung, Beule eine kalte Dusche zu verpassen.

Lutscher wusste, dass ihm nichts anderes übrig blieb und holte aus dem Küchenschrank eine Schüssel. Danach drehte er den Hahn an der Spüle auf und ließ kaltes Wasser einlaufen.

Damit ging er ins Wohnzimmer. Beule lag mit geschlossenen Augen auf der Ledercouch. Er schien zu schlafen und Lutscher rüttelte ihn an der Schulter. Als das nichts nützte, nahm er die Schüssel und kippte ihm den Inhalt ins Gesicht. Beule schnellte wie von der Tarantel gestochen hoch. Er schaute Lutscher total desorientiert an, und schüttelte sich das Wasser aus den Haaren.

»Bist du bescheuert! Was soll der Scheiß?«

Lutscher trat schmunzelnd einen Schritt zurück und schmiss die Schüssel auf die Couch.

»Schön, dass du doch noch unter den Lebenden weilst. Shaddow will uns sofort sehen!«

Beule verzog sich in die Küche und suchte ein Handtuch. Damit rieb er sich das Gesicht ab und rubbelte sich die Haare halbwegs trocken. Er besah sich kurz den Streifschuss an seiner Hüfte und tupfte die blutende Wunde mit dem Handtuch ab. Lutscher kam in die Küche und machte eine Schublade auf. Er holte eine kleine Schachtel heraus und hielt seinem Partner ein Pflaster vor die Nase. Beule riss es ihm genervt aus der Hand.

»Verdammt – ich werde diesen Wichser kalt machen, wenn ich ihn erwische!«, sagte Beule wütend und klebte das Pflaster auf die Wunde. Lutscher freute sich, dass sein Partner wieder ganz der Alte war. Nachdem der sich verarztet hatte, machten sie sich sofort auf den Weg nach Sankt-Pauli.

Lutscher bremste mit quietschenden Reifen vor dem Automarkt. Kurz darauf standen sie vor Shaddow´s Wohnwagenbüro. Beule sah immer noch ziemlich ramponiert und erschöpft aus.

Als Lutscher den Griff berührte, um die Tür zu öffnen, hielt Beule kurz seinen Arm fest.

»Ähm – warte mal. Wie hat Shaddow vorhin am Handy geklungen, als du Bericht erstattet hast?«, flüsterte Beule verunsichert.

Lutscher verdrehte seine Augen und sah Beule ziemlich genervt an.

»Wie eine Furie, die uns am liebsten den Kopf abreißen will!«, erwiderte Lutscher genervt und machte schließlich die Tür auf.

Beule ließ seinem Partner den Vortritt. Er betrat zögernd den Wohnwagen und lehnte die Tür nur an, falls sie schnell abhauen mussten.

Von ihrem Boss war nichts zu sehen, aber unter der niedrigen Decke hing sein Zigarrenqualm. Auf dem Schreibtisch stand eine Flasche Rum, die am Abend vorher nicht dagewesen war.

Beule sah allerdings nur die Rückenlehne von dem Chefsessel und den aufsteigenden Qualm einer Zigarre. Die zwei Campingstühle standen immer noch an ihrem Platz, worauf sie schon in der vergangenen Nacht gesessen hatten. Beule betastete sein Pistolenhalfter obwohl er wusste, dass seine Waffe fehlte. Dann nahm er zögernd neben Lutscher Platz.

Das knarzende Geräusch von dem Aluminium-Gestänge der Campingstühle verriet Shaddow, dass seine Bodyguards eingetroffen waren, jedoch wagte keiner von beiden etwas zu sagen. Er paffte kurz noch ein paar Rauchringe in die Luft. Danach wendete er sich langsam mit dem Chefsessel seinen Erfüllungsgehilfen zu.

»Ihr Vollpfosten! Wofür bezahle ich euch denn eigentlich noch?«, fluchte Shaddow und blickte Lutscher und Beule mit finstere Miene an.

Lutscher holt tief Luft und wollte was sagen, aber Beule kam ihm zuvor.

»Boss, wir – ich wurde überrumpelt!«

Shaddow sah Beule wütend an und schlug mit der Faust auf den Tisch.

»Du lässt dir von´m Versicherungsfutsi deine Wumme abnehmen?! Kannst du mir verraten, wie wir den Flachwichser finden sollen? Der ist jetzt mit meiner Nutte über alle Berge!«

Lutscher kramte nervös in seiner Anzugtasche und holte ein Lolly raus. Er riss die Plastikfolie ab und steckte ihn sich in den Mund.

Shaddow blickte ihn abfällig an und schüttelte verständnislos seinen Kopf.

»Seitdem du mit dem Rauchen aufgehört hast, bist du´n richtiges Weichei. Warum hast du den Typ nicht abgeknallt?«

Lutscher nahm den Lolly sofort aus dem Mund und warf ihn schnell in den kleinen Papierkorb, welcher unweit neben dem Schreibtisch stand. Dann verlagerte er betroffen seine Sitzposition auf dem unbequemen Campingstuhl.

»Chef – wird nicht wieder vorkommen«, sagte Lutscher mit gesenktem Blick.

Beule wurde langsam klar, dass allein er für das blöde Desaster verantwortlich war. Er hatte seinen Partner in diese peinliche Lage gebracht und suchte angestrengt nach einer Ausrede.

»Ich glaube, Jana´s Freundin hat uns nicht alles gesagt, was sie weiß!«

Shaddow blickte seine Bodyguards kritisch an und drückte kurzerhand den Zigarrenstummel im Aschenbecher auf dem Schreibtisch aus.

»Okay, dann müssen wir uns die verdammte Hure eben nochmal vorknöpfen, und diesmal komme ich mit!«

Beule tauschte mit Lutscher einen bedeutsamen Blick aus. Beiden wussten genau, was das hieß. Jetzt wurden die Samthandschuhe ausgezogen und mit härteren Bandagen gekämpft.

KAPITEL 12

Die Sonne war schon untergegangen, während Marco mit dem Porsche Cayenne immer noch auf einer abgelegenen Landstraße entlang fuhr. Er hatte die Orientierung verloren. Die überall gleich aussehenden Wiesen und Felder und die karge Beschilderung hatten ihn total verwirrt.

Das Navi wollte er auf keinen Fall einschalten, um nicht von irgendwelchen Behörden geortet werden zu können. Wer wusste schon, welche Möglichkeiten die Polizei heutzutage hatte.

Außerdem stand die Tankanzeige auf Reserve. Marco bereitete die rote Leuchtdiode schon seit geraumer Zeit Kopfschmerzen. Jetzt blinkte sie! Marco bog auf einen Feldweg ab und ging vom Gaspedal, wodurch Jana plötzlich aufwachte.

»Was ist – wo fährst du jetzt hin?«, fragte Jana verwundert.

»Uns geht das Benzin aus! Ich will mit einem geborgten Auto nicht auf der Landstraße liegen bleiben«, erwiderte Marco besorgt.

»Geborgt? Das Auto kostet ein Vermögen und ich glaube, so was nennt man Diebstahl«, sagte Jana glucksend und sah Marco amüsiert an.

»Notfall! Ich werde den Wagen wieder zurück-geben, wenn ... «, begann Marco sich zu recht -

fertigen und musste dann selbst lachen, denn er wusste das Jana natürlich Recht hatte. In dem Moment begann der Porsche-Motor zu stottern. Marco drückte das Gaspedal ganz durch. Der Auspuff hustete deutlich hörbar. Er legte kurz den Leerlauf ein. Der Geländewagen fuhr noch ein paar Meter weiter auf ein kleines Wäldchen zu und blieb schließlich liegen.

»Und was machen wir jetzt?«, fragte Jana und sah Marco frustriert an.

Marco kletterte aus dem Wagen und ging zum Heck. Er öffnete die Heckklappe und holte den Reserve-Kanister raus. Der war ziemlich leicht. Er schüttelte ihn und hoffte, dass noch ein klein bisschen Benzin drinnen war. Dann hob er die Abdeckung vom Reserverad an und entdeckte in einer Nische eine Taschenlampe. Er schaltete sie kurz an und machte sie wieder aus.

Als er die Heckklappe zuschlug, stand plötzlich Jana neben ihm.

»Willst du etwa draußen übernachten?«, fragte Jana skeptisch.

»Wir können nicht in dem Wagen schlafen. Die Polizei wird schon danach suchen!«, erwiderte Marco und überlegte, sich möglichst weit vom Auto zu entfernen, denn er war sicher, dass der Besitzer die Behörden bereits verständigt hatte.

»Lange kann ich mit den blöden Schuhen aber nicht durch die Pampa laufen«, sagte Jana und stellte demonstrativ ihr rechtes Bein vor.

Marco schaltete kurz die Taschenlampe ein und richtete den Lichtstrahl auf ihre Pumps.

»Soll Leute geben, die mit so was eine Bergtour machen«, bemerkte Marco und grinste Jana dabei belustigt an.

»Es soll auch Leute geben, die anderen damit in den Hintern treten«, sagte Jana und holte sofort mit ihrem rechten Bein aus.

Marco wich schnell zur Seite aus. Jana kicherte und setzte ihm nach. Marco ergriff die Flucht und rannte einfach los. Jana lief hinter ihm her. Marco schaltete die Taschenlampe schnell aus. Er hatte einen Vorsprung und verschwand in dem angrenzenden Wäldchen. Dort versteckte er sich hinter einem Baum und wartete.

Als Jana vorbeikam, sprang Marco hervor und machte die Taschenlampe wieder an.

»Halt – Polizei! Hände hoch oder … .«

Jana hielt spielerisch ihre Hände hoch. Marco ging auf sie zu und nahm Jana in den Arm.

»Sollte das eine Verhaftung sein?«, fragte Jana und lächelte Marco verschmitzt an.

»Genau, lebenslänglich – mit mir!«

Jana boxte ihn mit der Faust auf den Oberarm,

und löste sich daraufhin aus der Umarmung. »Sag das nicht, wenn du es nicht ernst meinst!« Jana lief weg und Marco stand wie angewurzelt auf dem Feldweg. Er machte die Taschenlampe an und leuchtete ihr hinterher. Plötzlich begann das Licht zu flackern. Er schüttelte die Lampe ungeduldig und dann ging sie aus.

Marco begann Jana zu suchen. In dem kleinen Wäldchen war es stockdüster. Nach einer Weile rief er ihren Namen. Er bekam Angst, dass sie sich verlieren könnten. Schließlich entdeckte er sie an einer Abzweigung.

Jana stand vor einem kleinen Holzschild, dass auf eine Kleingartensiedlung hinwies.

»Da bist du ja endlich«, sagte Jana und ergriff schnell seine Hand.

Sie liefen eine Weile auf dem Waldweg entlang und kamen irgendwann an den ersten größeren Schrebergärten vorbei. Einige sahen bewohnt aus, denn vor manchen Hütten brannte Licht. Vor einer Laube saß ein älteres Ehepaar beim Abendessen. Marco und Jana duckten sich und schlichen unbemerkt an der Hecke vorbei.

Sie wollten keine Aufmerksamkeit erregen und womöglich Fragen beantworten müssen. Zum Glück war es schon dunkel. Sie kamen an eine Weggabelung und bogen auf einen Pfad ab, der aus dieser Kleingartensiedlung herauszuführen schien. Die Schrebergärten sahen verlassen aus. Dort entdeckten sie eine kleine Laube in einem verwilderten Garten, welche etwas abseits lag.

Marco ließ Jana´s Hand los und blieb stehen. Er machte die Gartentür auf und pirschte sich an die Hütte heran. Er warf kurz einen Blick durch das einzige Fenster an der Vorderseite. Es war ziemlich verdreckt und hatte einen Sprung.

Jana bahnte sich vorsichtig den Weg durch das Gestrüpp und ging auf Marco zu, der sich umdrehte und erleichtert tief durchatmete.

»Scheint niemand da zu sein«, flüsterte Marco und ging zur Tür. Dort suchte er unter dem Fußabtreter nach einem Schlüssel. Fehlanzeige!

»Du machst Fortschritte. Erst ein Dieb und jetzt Einbrecher!«, sagte Jana leise.

»Versicherungskaufmann war´n blöder Job. So sorgte man für Neukunden«, erwiderte Marco zynisch und tastete den Türrahmen ab. Wieder nichts!

Jana sah sich neugierig um und ging auf einen klobigen Blumentopf zu. Sie kippte ihn einfach zur Seite und hielt triumphierend einen kleinen Schlüssel hoch.

»Einbrechen müssen wir zum Glück nicht. Für Obdachlose ist das eine eindeutige Einladung.«

Die Laube war dementsprechend spärlich ausgestattet. Es gab nur das eine Fenster mit Blick
in den Schrebergarten. Darunter stand ein altes
Schlafsofa mit halb vermoderter Matratze. Davor stand ein kleiner runder Holztisch. An der
rechten Wand hatte man eine Kochnische auf-
gestellt und gegenüber eine Kommode.

Jana fand unter der Spüle eine Konservendose
mit Ravioli. Das Verfallsdatum war abgelaufen.
Ein Dosenöffner gab´s auch nirgends zu finden,
aber dafür entdeckte sie in der Kommode einen
Kerzenstummel und eine halbvolle Schachtel
Streichhölzer.

Marco war nochmal nach draußen gegangen
und kam mit einer handvoll Kirschen und zwei
Äpfeln zurück. Er ging damit zur Kochnische
und drehte vergeblich den Wasserhahn auf.

Jana hatte bereits die Kerze angezündet und
saß auf dem speckigen Schlafsofa. Sie schaute
gedankenverloren durch das trübe Fensterglas.
Der Mond war gerade aufgegangen und warf
ein schwaches Licht in den Schrebergarten. Die
Schatten der Bäume und Sträucher erzeugten
eine märchenhafte Atmosphäre und erinnerten
Jana an Geschichten über Kobolde und Elfen,
die ihre Mutter ihr in der Kindheit vor dem
Einschlafen vorgelesen hatte. Marco setzte sich

neben Jana auf das Sofa und riss sie aus ihrer Traumwelt in die Wirklichkeit zurück. Sie hatte plötzlich Angst, dass ihre Flucht ein schlimmes Ende nehmen könnte.

»Wie soll's jetzt weitergehen?«, fragte Jana mit einem verzweifelten Unterton in der Stimme.

Marco legte das gepflückte Obst zwischen sich und Jana auf die Matratze und schaute sie mit forschendem Blick an.

»Erkläre mir erst, was es mit diesen Schlägern auf sich hat.«

Jana nahm sich einen Apfel und putzte ihn am Hosenbein ab. Dann biss sie hinein und seufzte entmutigt, bevor sie zu kauen begann.

»Sind die Bodyguards von meinem Zuhälter Shaddow. Er hat mir den Personalausweis abgenommen und gedroht mich zu töten, weil ich nicht mehr anschaffen gehen will.«

Marco schaute Jana eine Weile mitfühlend an, während sie sichtbar hungrig weiter aß.

»Deshalb sind seine Schläger hinter dir her?«

Plötzlich kullerten ein paar Tränen über Jana's Wange. Sie legte den Apfel beiseite und musste schlucken, bevor sie weiter sprechen konnte.

»Er kann's nicht zulassen, dass eine von seinen Nutten aufhört. Er würde den Respekt im Kiez-Milieu verlieren.«

Marco räumte das Obst beiseite und rückte ein bisschen näher zu Jana herüber.

»Dann wird er nicht aufhören dich zu suchen?«

Jana schüttelte kurz verneinend ihren Kopf.

»Er hat gesagt, solange ich lebe, gehöre ich ihm. Darum bin ich abgehauen.«

Marco wischte Jana mit dem Hemdsärmel sanft die Tränen von der Wange.

»Das war echt mutig von dir!«

Die Kerzenflamme wurde langsam kleiner und erlosch daraufhin. Jana kuschelte sich müde an Marcos Seite. Das fahle Mondlicht schien durch das Fenster und nach einer Weile schliefen sie schließlich gemeinsam ein.

KAPITEL 13

Den schrillen Klingelton nahm Babsi zunächst nur dumpf in ihren Ohren wahr. Übermüdet von der letzten Nacht auf dem Straßenstrich, tastete sie mit ausgestreckter Hand blind nach dem Wecker und suchte die Abstelltaste.

Nachdem sie draufgedrückt hatte, bimmelte es nochmal. Sie machte die Augen auf und schlug die Bettdecke zur Seite. Sie quälte sich aus dem Bett und ging schlaftrunken in Jana´s Zimmer. Babsi machte das Licht an und blickte auf ein leeres Bett mit unberührtem Bettzeug.

Daraufhin beeilte sie sich schnell in den Flur zu kommen und fand Jana´s Wohnungsschlüssel mit dem kitschig-roten Herzanhänger auf dem Schuhschrank. In Vorfreude darauf, dass ihre Freundin wieder zurückkam, öffnete sie schnell die Wohnungstür.

Dort standen Lutscher und Beule und grinsten sie blöde an. Erschrocken schmiss Babsi die Tür gleich wieder zu. Lutscher rammte sofort seine Schulter mit Wucht gegen die Tür. Babsi wurde zurückgeworfen und prallte rücklings gegen den Schuhschrank. Sie ruderte mit den Armen und fegte das darauf stehende Telefon runter. Trotz allem fand sie behände ihr Gleichgewicht wieder und rannte durch die Wohnstube in die Küche. Babsi schnappte sich schnell einen Stuhl und klemmte ihn mit der Rückenlehne unter die Türklinke. Kurz darauf drückte jemand die Klinke hektisch herunter. Schließlich versuchte derjenige die Küchentür einzutreten.

Babsi sah sich verzweifelt um. Ihr Blick fiel auf das Küchenfenster. Sie hastete zum Fenster, riss es auf und beugte sich über den Sims. Sie warf kurz einen Blick in den Hof. Fünf Meter unter ihr stand ein offener Müllcontainer. Doch dann entdeckte sie einen Mauervorsprung unterhalb des Fenstersims.

»Du machst alles noch nur schlimmer, wenn du uns nicht reinlässt!«, drohte Shaddow laut hörbar vom Flur aus vor der Küchentür stehend.

Babsi drehte sich panisch um und sah, dass die Stuhllehne langsam wegrutschte. Sie schaffte es noch auf die Fensterbank zu klettern. Plötzlich wurde ihr schwindelig. Eine ältere Frau auf der gegenüberliegenden Seite des Innenhofs sah ihr erschrocken vom Balkon aus dabei zu.

Die Frau rief ihr etwas zu, aber Babsi konnte sie nicht verstehen, denn in dem Moment flog die Küchentür krachend auf. Lutscher und Beule stürzten auf das Fenster zu.

Beide ergriffen Babsi an der Schulter und zogen

sie rabiat über den Sims zurück in die Küche.

»Das Flittchen wollte abhauen!«, sagte Lutscher und schüttelte verständnislos den Kopf.

»Dafür kriegst du jetzt'n Abreibung, die sich gewaschen hat!«, ergänzte Beule und wies mit einer Kopfbewegung zur Küchentür.

Shaddow stand noch im Türrahmen. Er blickte Babsi wütend an und stampfte wie ein Elefant durch die Küche auf sie zu. Er schleuderte den Stuhl gegen das Küchenboard und blieb breitbeinig vor Babsi stehen. Die Bodyguards ließen sie sofort los und traten ein Stück zur Seite.

»Was willst du von mir?«, fragte Babsi und sah ihren Zuhälter ängstlich an.

»Schnauze! Ich stell hier die Fragen«, erwiderte Shaddow barsch.

»Ich habe nichts getan!«, versuchte Babsi sich verzweifelt zu rechtfertigen.

Shaddow fackelte nicht lange. Er packte sie sofort mit einer Hand rabiat am Arm und ging ihr mit der anderen an die Gurgel.

»Ich will von dir wissen, wo Jana sich versteckt hat. Dann kommst du vielleicht mit'm blauen Auge davon«, sagte Shaddow und drückte ihre Kehle zu. Babsi bekam augenblicklich weiche Knie. Ihr Nachthemd wurde langsam feucht.

»Ich hab keine Ahnung«, sagte Babsi röchelnd.

Auf einmal begann nun unaufhaltsam warmes Pippi an ihren Schenkeln herunter zu laufen, während Shaddow sie weiter bedrohlich ansah.

»Du steckst doch mit der Schlampe unter einer Decke. Jetzt red schon, du Miststück!«

Shaddow bemerkte die langsam immer größer werdende Pfütze zwischen Babsi´s nackten Füßen und nahm seine Hand von ihrer Kehle, während sie tränen-überströmt zu schluchzen anfing.

»Wir wohnen hier bloß zusammen«, antwortete Babsi flehend.

Shaddow kochte vor Wut und holte plötzlich zu einem brutalen Schlag aus. Seine Faust traf Babsi mit voller Wucht an der linken Schläfe. Sie schleuderte rücklings mit dem Hinterkopf auf die Spülkante und stürzte auf den Boden. Die Bodyguards sahen ihren Boss erschrocken an und blickten dann auf den Küchenboden.

Babsi verdrehte ihre Augen. Danach rührte sie sich nicht mehr. Unter dem Kopf quoll langsam Blut auf die Fließen. Beule versteifte sich und stand wie angewurzelt neben seinem Partner. Lutscher beugte sich über Babsi und schob ihr linkes Augenlid zurück. Die Iris sah trübe aus.

»Ich glaube, die Schlampe ist tot!«

Shaddow blieb eiskalt und warf einen Blick aus

dem offenstehenden Küchenfenster. Er konnte gerade noch sehen, wie die Nachbarin aus dem gegenüberliegenden Mietshaus schockiert den Balkon verließ. Er schloss das Küchenfenster und hoffte, dass die alte Schabracke nicht gut sehen konnte. Sonst müssten seine Bodyguards gegebenenfalls noch herausfinden, was sie mitbekommen hat. Er drehte sich langsam um und blickte seine Handlanger gleichgültig an.

»Das Dreckstück hat´s nicht besser verdient!«

Beule räusperte sich aus der Schockstarre und sah seinen Boss leicht verunsichert an, der sich gerade seelenruhig eine Havanna anzündete.

»Und was machen wir jetzt?«

Shaddow paffte ein paar Rauchkringel in die Luft und tippte die Asche in den Ausguss.

»Wie hieß der Blödian von dem Versicherungsfutsi, mit dem die Nutte Party gemacht hat?«

Lutscher kratzte sich nachdenklich am Hinterkopf und überlegte angestrengt.

»Ich glaub Richi, oder so ähnlich.«

Shaddow sah die Bodyguards todernst an und stieg über Babsi´s Leiche. Bevor er die Küche verließ, drehte er sich der Tür noch mal um.

»Wischt die Fingerabdrücke überall ab und danach findet heraus, wo der Typ wohnt. Morgen will ich dem Kerl einen Kurzbesuch abstatten!«

KAPITEL 14

Die Morgensonnen schien Jana durch die trübe Fensterscheibe direkt ins Gesicht. Sie lag allein mit angewinkelten Beinen auf dem Schlafsofa und ihr Kopf ruhte auf der Lehne.

Jana blinzelte und schreckte plötzlich hoch. Sie hatte schlecht geträumt. Die furchtbaren Bilder mit Shaddow im Flur gingen ihr nicht aus dem Kopf. Sie schirmte mit einer Hand ihre Augen vor den Sonnenstrahlen ab und richtet sich auf. Sie sah sich verunsichert um. Danach wurde ihr klar, dass sie einen Alptraum gehabt hatte.

Schließlich fiel ihr wieder ein, dass sie in der Gartenlaube war. Jana fragte sich kurz, warum Marco nicht hier war. Dann raffte sich auf und ging zur Kochnische. Dort drehte sie den Hahn auf und wartete ab. Eine ganze Weile passierte nichts. Schließlich begann ein bisschen Wasser heraus zu kommen. Sie hielt schnell ihre Hände darunter und machte sich kurz frisch.

Danach drehte Jana sich um, und ging zu der Kommode. Sie öffnet eine Schublade und fand darin neben altem Besteck einen zerbrochenen Spiegel. Sie fuhr sich mit einer Hand durch die Haare und blickte nachdenklich in den Spiegel. »Warum passiert mir das?«, fragte sie sich und in dem Moment erblickte sie Marco durch das gesprungene Glas. Er stand im Türrahmen von der Holzbaracke und hielt einen Benzinkanister mir der Hand hoch.

»Vielleicht kann ich jemand finden, der uns ein bisschen Benzin gibt«, sagte Marco fröhlich.

Jana drehte sich erleichtert um, denn sie hatte schon befürchtet, dass Marco sich in der Frühe davon geschlichen haben könnte.

»Warte, ich komme mit«, sagte Jana und legte den Spiegel schnell in die Schublade zurück. Bevor sich beide auf den Weg machten, sahen sie sich nochmal kurz in der Baracke um und schlossen danach die Tür wieder ab.

Jana legte den Schlüssel unter den Blumentopf und verließ mit Marco die Kleingartensiedlung.

* * * * *

Richi saß zum gleichen Zeitpunkt schon eine ganze Weile mit freiem Oberkörper in einem Behandlungsraum der Notaufnahme. Er hatte am frühen Morgen überraschend einen Besuch von drei unbekannten Männern gehabt und sah danach ziemlich lädiert aus.

Unterhalb der Brust prangten auf den Rippen ein paar blaue Flecke und am Kinn hatte er eine üble Schnittwunde, die bereits genäht worden war. Eine Ärztin begann gerade einen Verband um seinen Brustkorb zu wickeln.

»Bleiben sie hier sitzen. Sie kriegen gleich noch ein Rezept gegen die Schmerzen von mir. Bitte keine schwere Arbeit in den nächsten Wochen, bis die angebrochene Rippe verheilt ist!«

Richi nickte und machte eine schmerzverzerrte Miene, als die Ärztin den Verband mit einer Klammer fixierte. Sie sah ihn kurz mitfühlend an und verließ danach den Behandlungsraum.

Richi stellte sich vorsichtig auf die Füße und ging zu einem Rollstuhl. Er nahm sein Hemd von der Rückenlehne und zog es sich langsam an. Jede Bewegung verursachte unangenehme Schmerzen. Beim zuknöpfen hörte er, wie sich die Tür zum Behandlungsraum öffnete.

Richi stopfte sich schnell das Hemd in die Hose und als er wieder aufsah, stand ein Mann und eine Frau im Behandlungszimmer. Der Mann hatte kurze graumelierte Haare und suchte irgendwas in der Innentasche seines Jacketts.

Die Frau trug eine Polizeiuniform. Ihre halblangen schwarzen Haare waren nach hinten zu einem Pferdeschwanz zusammengebunden.

»Jemand hat bei der Polizei angerufen und ein Überfall gemeldet«, sagte die Polizistin streng.

Richi sah die Polizistin überrascht an, während der Mann mit schnellem Schritt auf ihn zukam und seinen Polizeiausweis vorzeigte.

»Da haben sie sich hübsch was eingefangen!« Richi las irritiert den Namen im Polizeiausweis. Der Mann hieß Straubing und kam vermutlich von der Mordkommission, was Richi nicht mitbekam, weil der Typ den Ausweis bereits zugeklappt hatte.

»Ähm – ja, aber wie haben sie mich so schnell hier gefunden?«

Die Polizistin stand immer noch im Türrahmen und stützte ihre rechte Hand auf den Knauf der Pistole am Waffengürtel.

»Ihr Vater hat auf die Polizei gewartet und uns erzählt, dass sie der Notarzt nach Eppendorf in die Uniklinik gefahren hat.«

Richi hörte einen leisen Vorwurf in der Stimme. Er wollte auf keinen Fall Anzeige erstatten und hatte seinen Vater angefleht, er solle die Polizei aus der Sache heraushalten.

»Wir ermitteln in einem Mordfall! Kennen sie eine Frau Kaczynski?«, fragte Straubing.

Richi sah den Kommissar erstaunt an. Er hatte nicht mit Fragen zu einem Mordfall gerechnet.

»Den Namen hab ich noch nie gehört – was für ein Mordfall?«, fragte Richi verunsichert.

KAPITEL 15

Die Landstraße schlängelte sich durch Wiesen und Felder. Marco ging auf dem Grünstreifen entlang und Jana trottete müde hinter ihm her. Manchmal, wenn ein Auto vorbeifuhr, deutete er mit der Hand auf den Benzinkanister, aber niemand hielt an. Die meisten Autos waren mit Familien besetzt, die in den Wochenendurlaub fuhren. Ein Lastwagen mit Überlänge raste auf einmal vorbei und wirbelte eine Menge Staub auf.

»Ich kann nicht mehr weitergehen!«, sagte Jana erschöpft und musste husten.

Marco setzte den Benzinkanister ab und drehte sich um.

»Dann machen wir hier´n Pause.«

Jana setzte sich auf einen kleinen Findling und blickte Marco resigniert an.

»Ich bin total groggy! Wir haben nicht einmal Wasser zum Trinken. Was glaubst du, wie weit wir so noch kommen?«

Marco wusste darauf nichts zu antworten. Die Landstraße war wie leergefegt. Weit und breit konnte er nicht mal die Kirchturmspitze eines Städtchens entdecken. Dann nahm er ein leises tuckerndes Geräusch war. Er blickte missmutig in die entgegengesetzte Richtung. Dort tauchte die schwache Silhouette eines Traktors auf.

»Da kommt unser Taxi«, sagte Marco lakonisch und ermunterte Jana augenzwinkernd mit ihm die Straßenseite zu wechseln.

Der Traktor näherte sich langsam, aber Marco hielt trotzdem schon einen Daumen hoch. Jana war überzeugt das es nur ein weiterer sinnloser Versuch war. Dennoch raffte sie sich auf, ging zu Marco über die Straße und machte eine aufreizende Pose. Ein Bauer mit Baskenmütze saß auf dem Bock und hielt mit seinem Gefährt tatsächlich neben den beiden Trampern an.

»Wo soll´s denn hingehen?«

»Uns ist das Benzin ausgegangen«, sagte Marco und deutete auf den Kanister neben sich.

Der Bauer kratzte sich nachdenklich an seinem Hinterkopf und überlegte einen Moment.

»Bis zum nächsten Dorf ist´s weit und da gibt´s keine Tankstelle. Aber wenn ihr wollt, könnte ich euch bis zu meinem Hof mitnehmen.«

Marco sah Jana fragend an. Sie nickte zögernd und kletterte auf den Sitz des linken Kotflügels vom Traktor. Marco setzte sich gegenüber auf den anderen Platz.

Der Bauer löste die Bremsen und fuhr wieder los. Der Traktor tuckerte mehr oder weniger im

Schritttempo auf der Landstraße entlang, doch Marco sah an Jana´s Gesichtszügen, das sie froh war in der gottverlassenen Gegend nicht weiter ziellos herumlaufen zu müssen.

* * * * *

Die Polizistin stand auf dem Krankenhausflur. Sie bewachte die geschlossene Türe von einem Sprechzimmer. Kommissar Straubing hatte die Ärztin gefragt, wo man sich im Krankenhaus in Ruhe unterhalten könne und bekam kurzfristig diesen Raum zur Verfügung gestellt.

Allerdings musste er der Ärztin versprechen, sich mit der Befragung zu beeilen, da sie ihren Arbeitsplatz natürlich brauchte. Richi saß darin an einem Tisch gegenüber vom Kommissar, der ihn mit ernster Miene ansah.

»Wo waren sie Gestern zwischen 23 Uhr und Mitternacht?«

»Wollen Sie mir etwa doch was anhängen?«, entgegnete Richi misstrauisch.

»Reine Routine – ich muss Sie das fragen!«

»Ich war in der Autoverkaufshalle von meinem Vater«, antwortete Richi genervt.

»Was haben sie denn dort noch so spät zu tun gehabt?«, fragte Straubing ungläubig.

»Ich hab da vorgestern meine Geburtstagsparty

gefeiert und wollte den Laden am nächsten Tag in Ordnung bringen. Hat lang gedauert!«

»Kann das jemand bezeugen?«, hakte Straubing kritisch nach.

»Zwei von unseren Reinigungskräfte haben mir später noch dabei geholfen!«

Plötzlich öffnete sich die Sprechzimmertür und die Ärztin steckte ihren Kopf herein. Sie blickte Kommissar Straubing ziemlich ungeduldig an.

»Wie lange dauert das noch? Ich muss an den Patientenakten weiter arbeiten!«

Kommissar Straubing holte ein Fahndungsfoto aus seinem Jackett und schob es demonstrativ über den Tisch vor Richi´s Nase. Danach warf er der Ärztin einen verständnisvollen Blick zu, die abwartend in der Tür stand.

»Lassen sie uns bitte noch einen Moment allein. Ich bin hier gleich fertig!«

Die Ärztin zog sich kopfschüttelnd zurück und die Polizistin machte wieder die Tür zu.

Richi besah sich eine Weile das Fahndungsfoto und erkannte Shaddow wieder. Er erinnerte sich nur ungern an den brutalen Gangster.

Als es morgens an der Haustür klingelte, hatte er übermüdet geöffnet. Sofort drängten ihn die Bodyguards in den Flur zurück und dann kam Shaddow dazu. Der verpasste ihm sofort einen

Schlag zwischen die Rippen und Richi dachte, dass sein letztes Stündlein geschlagen hätte. Er bekam keine Luft mehr und sackte zusammen. Beule packte ihn an der Schulter und zog ihn hoch, während Lutscher vor seinen Augen ein Springmesser aufschnappen ließ.

»Sie waren zu dritt. So´n blonder Fiesling hat mir´n Messer an die Kehle gesetzt. Dann wollte der Boss von denen wissen, wo mein Kumpel steckt. Ich hab geschwiegen. Der Typ auf dem Bild hat mich am Ende zusammengeschlagen.«

»Der Typ auf dem Bild ist ein Zuhälter auf´m Kiez. Wir suchen ihn wegen Mordes an Babsi Kaczynski. Eine Nachbarin hat beobachtet … .«

Richi sah Kommissar Straubing ungläubig an. Dabei wich ihm schon wieder die Farbe aus´m Gesicht. Er betrachtete schockiert das Bild von Shaddow.

»Babsi ist tot und dieser Verbrecher hat sie auf dem Gewissen?«

»Irgendwas müssen sie ihm gesagt haben, sonst wären sie jetzt in der Gerichtsmedizin.«

Richie kam ins schwitzen und sah Kommissar Straubing fassungslos an.

»Ich habe ihm von Marco´s Wohnwagen auf´m Campingplatz an der Ostsee erzählt. Ich musste den erklären, wie man da hin kommt. Am Ende hat der Typ mir gedroht, wenn ich ihn bei der Polizei verpfeife, würde er mich alle machen!«, erklärte Richi mit verzweifelter Miene und fing an zu schluchzen. Es war der Schock, weshalb ihm Tränen in den Augen standen. Babsi´s Tod setzte ihm gehörig zu und jetzt die Gefahr, in der sein Freund mit Jana wegen ihm schwebte.

* * * * *

Der Bauernhof lag umgeben von Laubbäumen zwischen Wiesen und Feldern mitten auf dem Lande. Es gab einen Kuh- und Schweinestall, und eine Scheune mit jeder Menge Strohballen. Jana und Marco saßen auf einer Holzbank vor dem Hauptgebäude mit Bauer Peters an einem Tisch und schlugen sich den Bauch voll. In der Mitte stand eine Flasche Korn und daneben ein Korb mit Vollkornbrot. Auf einem Schnittbrett lag ein Stück Käse mit Salami und Schinken.

»Greift ruhig zu. Ihr seht hungrig aus«, sagte Bauer Peters aufmunternd.

»Danke, dass sie uns bis hierher mitgenommen haben, aber wir müssen bald weiter«, erwiderte Marco auf die freundliche Einladung.

»Bleibt solange ihr wollt. Seitdem mein Sohn vom Hof ist, bekomme ich nicht so oft Besuch.« Bauer Peters befüllte drei Gläschen mit Schnaps und schob zwei davon über den Tisch vor Jana und Marco´s Nase. Danach prostete er ihnen zu und beide stießen mit ihm an.

»So – ich zieh mich jetzt mal zurück und mach ein Mittagsschläfchen«, sagte Bauer Peters mit einem vielsagenden Blick. Danach erhob er sich und ging schwerfällig in das Hofgebäude.

Jana und Marco blieben noch eine Zeitlang am Tisch. Sie waren hungrig, aßen immer wieder mal ein Stück Käse und tranken nebenbei noch einen Schnaps. Marco schilderte eine Anekdote aus seiner Schulzeit.

Richi hatte ihren unbeliebten Lateinlehrer auf der Toilette eingesperrt. Marco klaute die Fragen für eine Klausur aus einer Aktentasche und kopierte sie heimlich im Lehrerzimmer. Dabei wäre er fast vom Rektor erwischt worden. Marco sendete Richi eine SMS, dass er festsaß. Richi löste den Feueralarm aus. Bei dem Chaos schöpfte niemand Verdacht und der Lateinlehrer wunderte sich später, warum alle Schüler mit gut oder sehr gut abgeschnitten hatten.

Jana lachte vergnügt und vergaß für eine Weile ihre missliche Lage. Plötzlich fing es zu regnen an. Jana begrüßte die erfrischende Dusche und begann zu tanzen und zu singen.

„I´m singing in the rain, just singing in the rain. What a glorious feeling, I´m so happy again … ."

Marco sah ihr zunächst verunsichert dabei zu. Jana forderte ihn ermunternd zum Tanzen auf. Schließlich ging er zu ihr und begann mit Jana im Regen zu tanzen. Nach einer Weile waren beide total durchnässt. Ihre Kleidung klebte am Körper. Jana blieb stehen und blickte Marco in die Augen. Darauf umarmte Marco sie und gab ihr zaghaft einen Kuss.

* * * * *

Kommissar Straubing hielt mit einem zivilen Polizeiwagen vor der Davidwache. Er ließ den Motor laufen und blickte die Polizistin auf dem Beifahrersitz bedeutungsvoll an.

»Was ist, wollen sie nicht mitkommen?«, fragte die Polizistin verwundert.

Straubing schüttelte mit dem Kopf und gab die Adresse vom Campingplatz, welche Richi auch Shaddow verraten hatte, an der Mittelkonsole in das integrierte Navigationssystem ein.

»Ich fahre jetzt auf dem schnellsten Weg nach Schöneberg! Sie informieren die Kollegen über diesen Fall auf dem dortigen Polizeirevier und bitten schon mal um Amtshilfe.«

Die Polizistin stieg aus dem Wagen und ging in die Wache. Straubing raste sofort los, durch die

Stadt in Richtung A7. Er fuhr in Bahrenfeld auf die Autobahn und stand kurz darauf in einem Stau. Die andauernden Bauarbeiten und hohes Verkehrsaufkommen durch Urlaubsfahrer und schwere Lastwagen machten es ihm unmöglich schnell voran zu kommen. Er wechselte einige Male im Schritttempo die Spur.

Zu allem Überfluss begann es kurz darauf zu blitzen und zu donnern. Es stürmte plötzlich und ein Platzregen biblischen Ausmaßes setzte ihn mehr als eine Stunde auf der Strecke fest !!

KAPITEL 16

Der Wolkenbruch zwang Marco und Jana sich irgendwo Unterschlupf zu suchen. Das Holztor der Scheune war nicht verschlossen und schien der ideale Unterschlupf zu sein. Sie kletterten die Leiter zum Heuboden rauf und zogen rasch ihre nassen Klamotten aus. Marco legte sich nur noch mit Shorts bekleidet ins Stroh und sah Jana zu, wie sie ihr T-Shirt aus wrang und über einen Holzbalken hing. Schließlich zog sie auch alles andere aus. Danach kam sie zu Marco und legte sich neben ihn ins Stroh.

»Sind deine Shorts nicht nass?«, fragte Jana und schaute Marco vergnügt an.

»Ein bisschen schon, aber ich wollte … .«

Bevor er weiter reden konnte, streifte Jana ihm die Shorts einfach runter und warf sie ins Stroh. Jana begann Marco leidenschaftlich zu küssen und legte sich auf ihn. Sie presste ihre schönen Brüste auf seinen Oberkörper und er spürte die spitzen Knospen über seine Nippel streifen. Es erregte ihn ungemein, wobei sein Glied immer steifer wurde.

Marco rieb mit seiner Eichel über ihre Klitoris und Jana ging sofort in die Hocke. Sie spreizte ihre Beine und setzte sich auf ihn. Jana bewegte ihr Becken und rieb dabei mit den Schamlippen über seine Eichel. Sie seufzte und beugte sich wieder nach vorne. Marco leckte abwechselnd ihre Knospen und drang dabei schließlich in sie ein. Ihre Vagina war ganz feucht und warm. Sie küsste ihn wieder und wieder, während er sein Becken auf und ab schnellen ließ.

Es erregte Jana stärker, als je zuvor. Sie wurde von einem intensiven Lustgefühl überrascht. Sie wollte Marco ganz tief in sich spüren und bewegte jetzt ihr Becken im gleichen Rhythmus wie Marco das seine. Ihre Körper verschmolzen miteinander, während beide dem Höhepunkt immer näher kamen.

Dann ging mit Jana das Temperament durch. Sie begann auf Marco´s Penis zu reiten, wie auf einem Wildpferd. Seine gigantische Erektion versetzte Jana in eine Ficktrance. Marco ergriff mit beiden Händen ihr Becken und beugte sich ein wenig nach vorne. Er lutschte vollkommen erregt an ihren Knospen. Sie spreizte ihre Beine noch weiter, wodurch sein Penis fortwährend an ihren G-Punkt stieß.

Jana erzitterte vor Erregung. Sie strebte auf ein gigantischen Orgasmus zu. Marco´s Schwanz vibrierte förmlich in ihrer Muschi als er kam. Der warme Sperma spritzte auf ihren G-Punkt, und Jana rammte sich den Pimmel noch tiefer in ihre Vagina. Marco´s steifer Schwanz erregte zugleich ihre Klitoris. Jana bäumte sich auf und stöhnte vor Erregung. Ihr Becken zitterte heftig, während sie einen multiplen Orgasmus bekam. Marco knetete ihre Titten und lutschte erneut an ihren Knospen. Er ließ sich von den Wogen seines Orgasmus tragen, während er noch tiefer in sie drang und mehrmals ab-spritzte.

Beide waren erregt, wie nie zuvor im Leben. Sie fickten, wie nie zuvor in ihrem Leben. Sie lagen im Stroh und knutschten leidenschaftlicher, als jemals in ihrem Leben. Die Welt um sie herum verschwand und Jana fühlte das erste Mal tiefe Zuneigung für einen Mann. Irgendwann fielen ihr die Augen zu und dann nickte sie ein.

Marco fühlte sich zwar müde, aber ihm kamen nochmal die Bemerkungen von Tanja in den Kopf. Vielleicht war er manchmal beim Sex mit ihr phantasielos. Jana´s erotische Ausstrahlung elektrisierte ihn jedenfalls und er hatte noch nie ein so intensives Begehren empfunden.

Er zog sachte sein Arm unter Jana´s Kopf weg und ließ sie weiter schlafen. Als sie beide in die Scheune kamen, hatte er etwas gesehen, das ihn schon eine Weile neugierig gemacht hatte. Die Gelegenheit schien günstig, die Scheune einmal sorgfältig zu erkunden. Er streifte seine Shorts über und prüfte die Jeans, ob sie schon trocken genug war. Danach zog er sie schnell an und klettert die Leiter hinunter.

Marco ging vorsichtig um einige Gerätschaften herum, die wahrscheinlich am Trecker befestigt werden mussten, um damit Feldarbeit machen zu können. Mitten drinnen war etwas größeres mit einer grauen Plane abgedeckt.

Er hatte den Verdacht, dass darunter ein Auto verborgen sein könnte. Er schob die Plane ein wenig zur Seite. Er hatte richtig vermutet, denn als er sie ganz abnahm, enthüllte er einen alten 1970´er Ford Mustang Galaxie Cabriolet.

Marco traute seinen Augen nicht. Er streichelte mit einer Hand die Karosserie, die abgesehen von ein paar rostigen Stellen und Schrammen im roten Lack, noch ganz passabel aussah.

Eine ruhige Stimme holte ihn zurück in die Gegenwart. Bauer Peters stand plötzlich hinter ihm in der Scheune.

»Gefällt er ihnen?«

Marco drehte sich leicht verunsichert um und fühlte sich ertappt.

»Ähm ja. Entschuldigung, ich wollte nicht … .«

»Nur zu!«, sagte Bauer Peters mit einer lässigen Handbewegung, die wohl andeuten sollte, dass sich Marco den Straßenkreuzer ruhig genauer anschauen durfte. Er zwinkerte freundlich mit einem Auge, als Marco zögernd die Fahrertür öffnete. Er warf kurz einen Blick ins Fond. Der Zündschlüssel steckte. Dann setzte er sich auf den weißen Ledersitz und versuchte den Motor zu starten.

Eine Fehlzündung verriet ihm sofort, dass die Zündkerzen verrußt sein mussten, oder das der Vergaser verschmutzt war. Er stieg wieder aus und machte die Motorhaube auf. Bauer Peters schaute ihm neugierig über die Schulter.

»Du verstehst was von alten Autos?«

»Ja, ich liebe Oldtimer. Die neuen Motoren sind heutzutage total verbaut. Haben sie für den hier noch einen Zündkerzenschlüssel?«, fragte Marco ganz begeistert.

Bauer Peters ging zum Heck und holte aus dem Kofferraum ein Werkzeugetui. Damit ging er zu Marco und durchsuchte das Etui nach dem entsprechenden Werkzeug. Schließlich fand er einen Zündkerzenschlüssel, woraufhin Marco begann die Zündkerzen herauszuschrauben. Er reinigte jede einzelne mit einer Drahtbürste.

Nachdem er die Zündkerzen vom Ruß befreit und wieder rein-geschraubt hatte, ließ er die Motorhaube offen, und setzte sich erneut hinter das Lenkrad. Er startete nochmal. Der Motor sprang sofort an, lief allerdings etwas unruhig. Marco ließ ihn laufen und stieg wieder aus. Er suchte im Etui einen kleinen Schraubenzieher. Mit ein paar Drehungen stellte er den Vergaser besser ein. Der Klang des Achtzylinders ging langsam in ein tiefes ruhiges Blubbern über.

In diesem Augenblick kam Jana die Holzleiter herunter gestiegen.

»Sie haben da noch etwas Stroh im Haar«, sagte Bauer Peters und schaute sie grinsend an.

Jana hatte nur Marco´s T-Shirt und einen Slip an. Unter dem Shirt traten ihre roten Knospen deutlich hervor. Jana sah sich etwas verlegen nach Marco um, der immer noch mit dem Kopf unter der Motorhaube steckte.

»Keine bange Fräulein, ich war auch mal jung.« Als Marco mitbekam, dass Jana aufgewacht war, hob er ruckartig seinen Kopf und stieß sich an der Motorhaube. Er kam dazu und gab Jana einen Kuss. Der Bauer schmunzelte und lächelte die beiden freundlich an.

»Also, ihr zwei Hübschen. Ich könnte mir vorstellen, ihr würdet gern eine kleine Spritztour machen. Bringt ihn mir aber wieder in einem Stück zurück!«

KAPITEL 17

Marco und Jana konnten es kaum fassen. Der Bauer hatte ihnen einfach den amerikanischen Straßenkreuzer überlassen. Jetzt waren sie in einem legalen Auto unterwegs und Marco hatte nicht mehr das unbestimmte Gefühl angehalten und verhaftet werden zu können. Er wollte mit Jana unbedingt nach Kalifornien an der Ostsee auf den Camping-Platz, wo sein Wohnwagen stand. Dort waren sie in Sicherheit und würden sich in Ruhe überlegen können, wie es weitergehen sollte.

Marco und Jana fuhren gemütlich in dem Ford Mustang Cabrio mit offenem Verdeck auf einer Landstraße an Wiesen und Weizenfeldern vorbei. Der Himmel bekam einen bläulich-orangen Farbton. Es wurde langsam Abend und Jana´s Haare wirbelten im Fahrtwind.

»Wohin fahren wir jetzt?«

Marco warf Jana einen geheimnisvollen Blick zu und zwinkerte kurz mit dem rechten Auge.

»Nach Kalifornien!«

»Du bist verrückt!«

»Nein – verliebt!«

Marco zog Beule´s Pistole aus dem Hosenbund und öffnete das Handschuhfach. Er verbarg die

Waffe in einer Nische zwischen einem Haufen Verpackungsmüll. Als sie Schöneberg erreicht hatten, neigte sich die Tankanzeige in den roten Bereich und stand bereits auf Reserve.

»Ich meine natürlich Kalifornien an der Ostsee. Dort steht auf´m Campingplatz in Holm mein Wohnwagen, aber ich glaube nicht, dass wir es mit dem Galaxie bis dahin schaffen.«

Während sie an der Uferpromenade von Holm vorbeifuhren, begann der Motor des Mustangs zu stottern. Marco lenkte den Wagen schnell an den Strand. Der Straßenkreuzer rollte noch ein Stück über den Ufersand und kam schließlich nach einigen Metern zum stehen.

Marco schaltete das Radio ein. Dann nahm er Jana an die Hand und kletterte mit ihr über die Rückbank. Sie setzten sich nebeneinander auf das Heck. Die Sonne senkte sich langsam am Horizont und glitzerte mit rot-goldenem Schein auf der Wasseroberfläche des Binnenmeeres.

Im Radio wurde gerade der Song „Perfect Day" von Duran Duran gespielt.

»Warum passiert mir das erst jetzt? So was hab ich noch nie mit jemandem erlebt«, sagte Jana und blickte verträumt in den Sonnenuntergang.

Marco legte seinen Arm um Jana´s Hüfte und schaute sie liebevoll an.

»Geht mir genauso. Mein Herz glüht wie die Sonne nur für dich«, sagte Marco und schaute Jana bedeutungsvoll in die Augen.

»Deine Liebe macht Mut zu alldem, was meine Liebe tut«, sagte Jana glücklich und spielte mit der Zunge an Marco´s Ohrläppchen.

Daraufhin schmiegten sie sich fest aneinander und begannen sich wieder leidenschaftlich zu küssen, während die Sonne bereits langsam in den Tiefen der Ostsee unterzugehen schien.

»Ich wünschte, das dieser Augenblick niemals vergeht«, hauchte Jana in Marco´s Ohr.

»Was auch immer geschehen mag, ich will nur noch mit dir zusammen sein«, flüsterte Marco. Jana drückte Marco etwas ungläubig von sich.

»Meinst du das ehrlich – schwörst du´s mir?« Marco sah ganz ernst blickend in Jana´s Augen.

»Ein Treueschwur meiner Liebe für den deinen, gebe ich dir gern!«

»Egal was passiert, Marco?«

»Ich halte dich fest, für jetzt und für immer!«

* * * * *

Lutscher saß hinter dem Lenkrad und steuerte den Lincoln Continental im Leerlauf fast lautlos an den Strand. Nach dem Besuch bei Marco´s Freund, hatten sie endlich einen Anhaltspunkt.

Sie hatten sich sofort auf den Weg gemacht und fuhren zunächst auf den Camping-Platz. Dort schien aber niemand Marco und Jana gesehen zu haben. Schließlich fanden sie den Platzwart und fragten ihn nach Marco´s Wohnwagen.

Der Mann war nicht gerade auskunftsfreudig. Shaddow sagte ihm deutlicher, mit wem er es zu tun hatte, und konnte ihn mit ein paar Euros gesprächiger machen. Danach verschafften sie sich Zutritt, indem sie einfach die Tür aufbrachen und durchsuchten den Wohnwagen. Merkwürdigerweise war der Kühlschrank leer und alles sah unberührt aus.

Schließlich mussten sie wieder unverrichteter Dinge abziehen. Sie fuhren ziellos durch Holm und kamen auch an der Uferpromenade vorbei, als Beule den Mustang eher zufällig an einem unbelebten Strandabschnitt entdeckte.

Shaddow befahl Lutscher sofort, den Lincoln Continental nicht weit vom Ufer entfernt hinter dem Mustang anzuhalten. Danach machte er es sich mühsam zwischen seinen Bodyguards auf der durchgehenden Vorderbank bequem und beobachtete eine Zeitlang die Flüchtigen.

»Jetzt seht euch diese ab-gewichste Nutte und den Flachwichser an. Die glauben, sie können auf Liebe machen und damit durchkommen.«

Lutscher schaute den beiden Verliebten eher neidisch beim Knutschen zu. Jana konnte sich ihm mehrmals erfolgreich entziehen. Insgeheim hatte er tatsächlich Gefühle für sie.

»Sieht richtig romantisch aus, ähm – ich mein der Sonnenuntergang«, bemerkte Lutscher ausweichend.

»Das Weichei glaubt bestimmt den Scheiß, den die Fotze ihm erzählt hat. Würde gern wissen, was die ihm jetzt ins Ohr säuselt«, sagte Beule neugierig.

Shaddow wurde plötzlich wütend und rammte Beule den Ellenbogen in die Seite.

»Das ist hier nicht Big-Brother, du Idiot. Die Schlampe will uns ablinken und Kasse machen. Dem machen wir jetzt ein Ende!«

Lutscher zog seine Waffe aus dem Hosenbund und prüfte das Magazin.

»Sollen wir sie gleich hier abservieren?«

»Ich werde jetzt an den Strand gehen. Wenn ich dort bin, schleicht ihr euch von hinten an den Mustang heran. Danach wartet ihr solange, bis ich komme«, befahl Shaddow.

»Darf ich den Typ kalt machen?«, fragte Beule verunsichert.

»Wovon rede ich denn die ganze Zeit? Mach es diesmal richtig! Ich werde mit der Fotze alleine abrechnen!«

KAPITEL 18

Während Marco und Jana sich leidenschaftlich küssten, schien die Erde für einen Augenblick stehen zu bleiben. Sie hörten weder das sanfte Rauschen der Wellen, noch das leise knirschen der Kiesel im Ufersand unter den Schuhen der Bodyguards. Die beiden Männer näherten sich unauffällig von hinten dem Mustang.

Plötzlich erblickte Jana aus dem Augenwinkel am Ufer einen Mann. Geblendet von der untergehenden Sonne konnte sie nur Umrisse wahrnehmen. Der Mann zündete sich eine Zigarre an und starrte unverwandt zu ihnen hinüber.

»Marco – sieh doch. Da, am Ufer steht jemand.«

Marco warf ein kurzen Blick an den Strand und schaute danach Jana wieder ganz verliebt an.

»Deine uferlos-tiefblauen Augen finde ich viel interessanter.«

Shaddow stand am Ufer und paffte ungeduldig eine Havanna. Dabei sah er seinen Bodyguards zu, wie sie sich aufteilten und von zwei Seiten an den Mustang heranschlichen. Er musste sich noch einen Moment gedulden bis Lutscher und Beule ungesehen in Position gehen konnten.

»Ist nur´n harmloser Gaffer«, bemerkte Marco abwiegelnd, und wollte Jana einen Kuss geben.

Er streichelte sanft durch ihre Haare, doch Jana sah weiter misstrauisch zum Strand. Plötzlich erkannte sie im Gegenlicht der untergehenden Sonne das Profil und geriet sofort in Panik.

»Oh nein, dass ist Shaddow!«, sagte Jana und ging instinktiv auf der Rückbank in Deckung. Marco drehte sich irritiert nach allen Seiten um und entdeckte Lutscher und Beule. Er machte ein Hechtsprung über Jana auf den Fahrersitz, und versuchte den Wagen zu starten, doch es gab nur eine Fehlzündung.

Shaddow setzte sich in Bewegung und kam mit schnellen Schritten auf den Mustang zu. Dabei hatte er seine Havanna lässig im Mundwinkel. Im gleichen Moment tauchten Lutscher an der Fahrerseite und Beule an der Beifahrerseite auf. Lutscher zielte mit seiner Knarre gnadenlos auf Marco´s Kopf. »Flossen hoch!«

Marco nahm zögernd die Hände hoch. Jana erhob sich von der Rückbank und kletterte nach vorne. Shaddow stapfte durch den Sand auf den Wagen zu und blieb vor der Kühlerhaube stehen. Er blickte Jana wütend an.

»Worauf wartest du – komm gefälligst zu mir!« Beule riss die Beifahrertür auf. Jana stieg aus dem Auto und ging mit langsamen Schritten auf Shaddow zu. Jana blieb vor ihm stehen und

Shaddow riss sie energisch an sich. Er packte sie mit einer Hand im Nacken. Mit der anderen Hand schnippte die Havanna einfach weg und blickte seine Bodyguards triumphierend an.

»Ich werde das Miststück jetzt mitnehmen und ihr kümmert euch um den Wichser!«

Shaddow wechselte den Griff und hielt Jana am linken Arm fest. Er setzte sich in Bewegung und zerrte Jana über den Ufersand hinter sich her. Sie wehrte sich halbherzig und stolperte in Richtung des Lincoln Continental, den Lutscher weit hinter dem Mustang in der Nähe von einer Sandbank geparkt hatte.

Lutscher hielt seine Waffe auf Marco gerichtet und öffnet mit der anderen Hand die Fahrertür.

»Sofort aussteigen – oder brauchst du noch´n Extraeinladung?«

Marco stieg vorsichtig mit erhobenen Händen aus dem Wagen. Beule nahm sich die Zeit nach seiner Waffe zu suchen. Zuerst schaute er unter die Sitze und zwischen den Polstern nach.

Lutscher drückte Marco seine Pistole ins Kreuz und ging mit ihm zum Strand. »Auf die Knie!«

Lutscher verpasste Marco einen kräftigen Tritt in die Kniekehlen. Marco stöhnte vor Schmerz und sackte auf die Knie ins Meerwasser. Dann spürte er den Lauf der Pistole am Hinterkopf !!

Vor seinem inneren Auge liefen wie bei einem Kaleidoskop die letzten Stunden mit Jana ab. Er konnte deutlich die tiefe Zuneigung fühlen, die sie für ihn empfand. Er bereute keine Sekunde, die er mit Jana verbracht hatte. Er liebte sie und war bereit für sie durchs Feuer zu gehen. Doch wenn das jetzt das Ende war, wie konnte er ihr dann noch helfen.

* * * * *

Jana wusste aus eigener Erfahrung, das Glück und Unglück oft dicht beieinander lagen. Aber sie konnte sich nicht erklären, wie Shaddow sie so schnell finden konnte. Auf keinen Fall wollte sie es ihm nicht leicht machen.

Jana versuchte sich immer wieder loszureißen und war störrisch wie ein Esel. Shaddow hatte mit ihr gerade mal die Hälfte des Weges zum Straßenkreuzer geschafft, als Jana sich schnell umdrehte. Sie erhaschte einen kurzen Blick ans Ufer und sah wie Lutscher mit seiner Waffe auf Marco´s Kopf zielte.

Jana riss sich plötzlich los, aber der Sand unter ihren Füssen verhinderte das sie schnell genug weglaufen konnte. Shaddow machte einen Satz auf Jana zu und holte aus. Er schlug sie mit der

Faust brutal nieder. Jana schrie laut auf und kippte von dem heftigen Schlag um. Lutscher blickte kurz vom Ufer aus zu seinem Boss und war für einen Moment abgelenkt.

Marco sprang auf und rammte ihm seinen Kopf in die Magengrube. Lutscher stürzte rücklings ins Meer und dabei rutschte ihm die Waffe aus der Hand. Seine Kleidung sog sich sofort mit Wasser voll.

Marco kämpfte sich verzweifelt mit den Füßen durch den Schlick aus dem Wasser und rannte blindlings am Auto vorbei. Er wollte Jana zur Hilfe eilen und sah nur aus dem Augenwinkel, dass Beule anscheinend seinen Revolver in dem Haufen von Papiermüll im Handschuhfach des Mustangs wiedergefunden hatte. Dann blickte der sich verwundert nach seinem Partner um.

Lutscher hatte alle Mühe seine Waffe zu finden. Er wühlte mit beiden Händen im Schlick und suchte seine Pistole. Beule sah Marco flüchten und kontrollierte das Magazin seines Revolver, bevor er die Waffe entsicherte.

»Stehen bleiben, Arschloch!«, schrie Beule aus vollem Halse und nahm Marco mit der Waffe eiskalt ins Visier.

Marco ignorierte die Warnung und lief einfach weiter auf Jana zu. Sie robbte benommen durch den Sand und kam nicht weit. Shaddow krallte sich ihre Füße und riss sie zurück. In diesem Augenblick stürzte Marco auf ihn zu und holte mit ordentlich viel Schwung aus. Sein kräftiger Faustschlag traf Shaddow hart an der Schläfe und schickte ihn sofort zu Boden.

Jana reckte kurz ihren Kopf hoch und sah wie Beule mit seiner Waffe auf Marco zielte. Sie erkannte die Gefahr und raffte sich schnell auf. Marco kam mit ein paar Schritten auf Jana zu und schloss sie gleich in die Arme. Er bemerkte nicht, was hinter seinem Rücken vor sich ging. Mit letzter Kraft riss Jana ihn herum. In dem Augenblick feuerte Beule einen Schuss ab.

Marco hielt Jana im Arm. Ihre Augen blickten ihn glasig an. Jana sackte mit schmerzverzerrter Miene kraftlos zusammen.

»Ich hab dich Schatz. Ich lass dich nicht los!«, stammelte Marco und hielt sie verzweifelt fest, obwohl er wusste, dass irgendwas schlimmes passiert war. Er wollte es nicht wahrhaben, bis er das Blut an seiner Hand bemerkte.

»N-E-I-N ! Du darfst jetzt nicht gehen. Hörst du Liebes, bleib bei mir! Ich dachte, dieses mal ist es für immer.«

Shaddow schüttelte sich benommen. Für einen kurzen Moment wusste er nicht wo er war, und was gerade mit ihm passiert war. Er raffte sich mühsam hoch und kam in unmittelbarer Nähe, ein paar Meter von Marco entfernt wieder auf die Füße. Er blickte versteinert auf die Szene, die sich vor seinen Augen abspielte.

Marco hielt Jana im Arm und sank in die Knie. Tränen flossen über seine Wangen, während er mit einer Hand sanft ihren Kopf streichelte. Sie hatte den Mund halb geöffnet. Blut rann über ihre Lippen und sie versuchte zu sprechen.

»Ganz ruhig, Jana. Ich halte dich!«, brabbelte Marco wie in Trance. Die Welt um ihn herum begann, wie in einem Bild von Salvatore Dahli, ineinander zu zerlaufen.

»Ich liebe dich«, hauchte Jana leise, wobei ihre Lider zuckten. Daraufhin fielen ihr langsam die Augen zu.

* * * * *

Kommissar Straubing hatte eine halbe Ewigkeit auf der Autobahn im Stau gestanden. Wegen Bauarbeiten hinter dem Elbtunnel, in Richtung Schleswig-Holstein, waren Fahrstreifen verengt und einige Auffahrten gesperrt. Selbst dort gab es keinen Ausweg. Schwere Bagger und Laster benutzen den Standstreifen zum rangieren, auf dem in Notfällen die Polizei mit Blaulicht hätte fahren können. Einmal war er ausgestiegen, um besser sehen zu können, wann die Autos an der Spitze des Staus endlich weiterfuhren. Dabei fiel ihm ein amerikanischer Straßenkreuzer auf. Zunächst dachte er, dass Auto stünde in Brand und rannte an mehreren PKW´s vorbei auf den Wagen zu. Aus dem Beifahrerfenster drangen permanent Rauchschwaden.

Es war ein Lincoln Continental, der fünf Autos vor seinem Wagen auf der Überholspur stand. Der Motor lief und gab blubbernde Geräusche von sich. Vorne saßen zwei finstere Typen und hinten rauchte jemand Zigarre. Er wollte schon wieder umdrehen, als er im Wagen durch die dicken Rauchschwaden den Mann sah, der ihm von dem Fahndungsfoto nur allzu bekannt vorkam. Er schien sich über den Stau aufzuregen und schrie seine Begleiter an.

Straubing merkte sich das Nummernschild und eilte wieder zu seinem Wagen. Dort gab er über Funk das Kennzeichen durch, um den Halter des Autos feststellen zu lassen. Danach war er sicher, wen er da vor sich hatte und vermutete, dass sich Shaddow mit seinen Bodyguards auf dem gleichen Weg wie er selbst befand.

Das war nicht schwer zu erraten. Die Luden vom Kiez hatten Richi übel zugerichtet, um von ihm die Adresse des Camping-Platzes in Holm zu bekommen. Kommissar Straubing beschloss dem amerikanischen Straßenkreuzer in großem Abstand unauffällig zu folgen.

Nachdem sich der Stau schließlich auflöste und es endlich weiterging, wurde seine Vermutung bestätigt. Er folgte dem Lincoln Continental bis zum Camping-Platz und beobachtete vorsichtig aus einiger Entfernung mit dem Fernglas, was die Bodyguards und Shaddow vorhatten.

Er nahm über Funk Kontakt mit der Polizei in Schöneberg auf und instruierte sie genau über den bevorstehenden Einsatz. Die Polizistin aus Hamburg hatte bereits pflichtgemäß die dortige Polizeidirektion über sein Kommen informiert, und den Beamten die Fahndungsphotos über-mittelt.

Als er mitbekam, dass der Straßenkreuzer mit allen drei Insassen wieder wegfuhr, bat er die Kollegen in Bereitschaft zu bleiben. Sie konnten erst zugreifen, wenn Gefahr im Verzug war.

Er folgte dem Lincoln im großen Abstand bis an den Strand und beobachtete geduldig, was die Männer vorhatten. Dabei entdeckte auch er den Mustang mit zwei Personen auf dem Heck. Er wusste, dass es jetzt brenzlig werden würde. Er schnappte sich das Funkgerät. Dann pirschte er sich ungesehen zum Strand. Straubing wollte den Einsatz auf keinen Fall gefährden. Daher begab er sich von allen vollkommen unbemerkt auf eine Düne in Schussposition. Er legte sich mit der Waffe im Anschlag auf den Kamm und alarmierte die Kollegen über Funk, zu welchem Strandabschnitt von Holm sie jetzt schnellstens kommen mussten. Er fügte eindringlich hinzu, dass die gesuchten Männer bewaffnet und sehr gefährlich sind. Der Einsatzleiter ordnete sofort schusssichere Westen und schwere Waffen für die Ergreifung an.

Straubing beobachtete schockiert, wie Lutscher am Strand mit seiner Waffe eiskalt auf Marco´s Kopf zielte und bereit war ihn zu exekutieren. Er wollte aufspringen, doch dann änderte sich plötzlich die Situation. Marco hatte Lutscher überrumpelt und der Bodyguard paddelte erst mal hilflos mit den Armen im Meer herum.

Kommissar Straubing schätzte die gefährliche Aktion falsch ein. Auf einmal tauchte Beule hinter dem Mustang auf und nahm mit seinem Revolver den entkommenen Delinquenten ins Visier. Straubing zielte mit seiner Waffe auf Beule, hatte aber leider wegen Marco und Jana kein freies Schussfeld. Schließlich konnte er die dramatische Entwicklung, die sich unmittelbar danach abspielte nicht verhindern. Er musste mitansehen, wie Jana von einer Kugel getroffen zusammenbrach und Marco flehend an ihrer Seite auf den Knien hockte. Danach geschahen viele Dinge gleichzeitig.

Shaddow drehte sich gleichgültig um und ging einfach auf den Straßenkreuzer zu. Lutscher fand endlich seine Pistole im Wasser. Genau in dem Moment brausten drei Streifenwagen auf den Strand zu. Beule sprang sofort übers Heck in den Mustang und versuchte den Motor zu starten.

Lutscher sah, dass sein Partner in dem Wagen flüchten wollte. Für ihn war die Entfernung zu dem Lincoln Continental zu weit und deshalb sprintete er auf den Mustang zu.

Er riss die Beifahrertüre auf. Beule blickte ihn verzweifelt an, weil der Motor nicht ansprang.

»Scheiße – du musst die Kiste anschieben!«

Lutscher setzte sich neben ihn und warf einen Blick auf die Armaturen.

»Sonst noch Wünsche. Die Batterie ist voll, aber der Tank ist leer!«

Mehrere Polizisten sprangen mit gezogenen Waffen aus den Streifenwagen. Den beiden war klar, dass sie mit dem Mustang nicht flüchten konnten. Beule verschanzte sich mit Lutscher schnell dahinter und eröffnete sofort das Feuer. Die ersten Kugeln durchschlugen das Blech der Polizeifahrzeuge. Die Polizisten gingen hinter den offenstehenden Autotüren in Deckung. Es gab einen mehrfachen Schusswechsel, bei dem Lutscher getroffen zu Boden ging.

Darauf liefen zwei mutige Polizisten mit ihren Waffen im Anschlag auf den Mustang zu. Sie bekamen von den Kollegen mit automatischen Gewehren dabei Feuerschutz. Beule hatte das Magazin von seinem Revolver leer geschossen. Lutscher war angeschossen und Beule gab auf!!

* * * * *

Shaddow saß im Lincoln Continental und gab Vollgas. Die Hinterreifen wirbelten eine Menge Sand hoch, während der Straßenkreuzer mit dem Heck hin und her schlingerte. Der schwere Wagen kam nur langsam in Fahrt.

Kommissar Straubing stellte zufrieden fest, dass die Polizisten die Bodyguards festgesetzt hatten und stürmte die Düne runter hinter dem Lincoln her. Shaddow flüchtete im Zickzack-Kurs über den Sandstrand. Straubing bemerkte, dass sich der Straßenkreuzer immer weiter von ihm entfernte und ging in die Hocke. Er feuerte schnell mehrere gezielte Schüsse auf die Reifen ab. Ein paar Projektile schlugen zunächst in die Kofferraumhaube ein. Dann platzten mit einem lauten Knall die Hinterreifen. Shaddow verlor die Kontrolle über den Wagen. Das Heck brach aus und er raste mit Vollgas auf eine Sanddüne zu. Er riss das Lenkrad herum, aber das Auto reagierte nicht. Er prallte mit voller Wucht in die Sanddüne und wurde nach vorne gerissen. Straubing lief auf den Wagen zu und zielte mit seiner Waffe auf Shaddow, der mit dem Kopf vornübergebeugt auf dem Lenkrad lag.

»Keine falsche Bewegung. Steigen Sie sofort mit erhobenen Händen aus dem Lincoln!«, schrie Straubing und riss dabei die Fahrertür auf.

Shaddow richtete sich auf und hob zögernd die Hände. Er hatte eine Platzwunde auf der Stirn und sah den Kommissar abfällig an.

»Was wollen Sie von mir? Ich habe hier nur´n Strandspaziergang gemacht!«

Kommissar Straubing trat einen Schritt zurück. »Kommen Sie endlich raus da, und legen ganz schnell die Hände auf´s Autodach!«

Shaddow quälte sich mühsam vom Vordersitz und stieg langsam aus dem Wagen. Straubing nahm noch etwas mehr Abstand und behielt seine Waffe im Anschlag. Shaddow drehte sich widerwillig um und legte seine Hände auf das Autodach. Straubing stieß mit dem rechten Fuß Shaddow´s Beine auseinander und begann ihn nach Waffen abzutasten. Als er keine finden konnte, zog er schnell seine Handschellen vom Hosenbund. Er führte Shaddow´s rechten Arm auf den Rücken und ließ eine Hand-Schelle am Gelenk zuschnappen. Shaddow hielt freiwillig seinen linken Arm auf den Rücken.

Straubing konnte ihn problemlos festnehmen. »Im Namen des Gesetztes verhafte ich Sie hiermit wegen Mord an Babsi Kaczynski. Sie haben das Recht auf einen Anwalt. Alles, was Sie ab jetzt sagen, kann gegen . . . .«

Shaddow drehte wütend seinen Kopf zur Seite und unterbrach Kommissar Straubing.

»Halten Sie die Fresse! Den Spruch kenne ich.«

* * * * *

Mittlerweile stand bereits ein Notarztwagen neben den Streifenwagen am Strand, während der Kommissar Shaddow abführte. Er brachte ihn zu einem Gefängnistransporter, wo bereits mehrere Polizisten warteten. Die übernahmen Shaddow und bugsierten ihn gleich hinten rein. Straubing drehte daraufhin um und rannte eilig zum Strand zurück. Der Notarzt spritzte Jana gerade Adrenalin in die Arterie. Danach hoben zwei Sanitäter Jana auf eine Trage und brachten sie schnell zum Krankenwagen. Marco begleitet sie und wollte Jana´s Hand nicht loslassen, als die Sanitäter die Trage in den Notarztwagen zu schieben versuchten. Straubing kam dazu und hielt Marco am Arm zurück.

»Kommen Sie mein Junge, hier können Sie jetzt nichts mehr tun.«

Marco sah ihn verständnislos an und schüttelte mit kurzem Ruck die Hand von Straubing ab. Der Notarzt stieg schnell zu Jana in den Wagen und lud den Defibrillator auf.

Einer der Sanitäter öffnete ihre Bluse und rieb Jana´s Sternum mit einem Gel ein. Der Notarzt starrte auf den Monitor, um ihre Herzfrequenz im Blick zu haben. Dann begann er schließlich, Jana mehrmals wiederzubeleben.

Ein anderer Sanitäter schloss daraufhin direkt vor Marco´s Nase die Hintertür und begab sich nach vorne in die Fahrerkabine.

Marco ließ sich nur zögerlich von Kommissar Straubing zu einem größerem Einsatzfahrzeug der Polizei bringen. Beide setzten sich an einen Tisch. Straubing sah ihn eine Weile betroffen an und nahm ein Notizblock aus der Jackentasche.

»Es tut mir außerordentlich leid, Herr Zelinski. Aber ich muss ihnen dringend ein paar Fragen stellen!«

Marco hörte Straubing wie durch eine dicke Nebelwand zu ihm sprechen. Er fühlte sich wie paralysiert. Er konnte nicht reagieren und sah abwesend aus dem Wageninneren, auf den mit Blaulicht schnell losfahrenden Krankenwagen.

EPILOG

Der Parkfriedhof in Ohlsdorf hatte auch für die Lebenden als ein Ort zur Erholung seinen Reiz. Aber er war nun mal eine Ruhestätte der Toten, und daran änderten auch einige hundert Laub- und Nadelholzbaumarten zwischen hübsch angelegten Teichen und Bächen nichts.

Das schmuddelige Wetter in Hamburg verlieh dem Gelände an diesem trüben Tag sowieso eine deprimierende Atmosphäre. Nur ein paar Trauernde hatten sich zu diesem Begräbnis eingefunden.

Der Pfarrer hielt kurz seine übliche Ansprache und merkte an, dass die junge Frau viel zu früh aus dem Leben geschieden war. Danach sagte er mit sonorem und tiefen Klang in der Stimme die liturgische Formel auf.

»Asche zu Asche ... Staub zu Staub ... Ruhe in Frieden!«

Einige sehr sexy aussehenden Frauen für einen solchen Anlass gaben die Schippe weiter, um nacheinander Erde auf den Sarg zu werfen.

Richi wischte sich mit der Hand die Tränen aus den Augen. Marco und Jana schauten traurig auf den Grabstein. Darauf stand mit goldenen Lettern der Name Babsi Kaczynski geschrieben.

Alle drei hielten eine weiße Rose in der Hand. Schließlich traten sie zuletzt vor, warfen Erde auf den Sarg und ließen anschließend die Rose in das Grab fallen.

Richi konnte für Babsi leider nicht mehr tun, als wenigstens eine schöne Ruhestätte zu finden. Sie hatte Richi auf der Geburtstagsparty spät in der Nacht, bevor sie gehen musste gesagt, dass sie ihn nie als Kunde, sondern als einen Freund sah, in den sie sich jetzt verliebt habe.

»Es tut mir leid, was du in der letzten Woche durchmachen musstest«, murmelte Marco leise und nahm sein Freund mitfühlend in den Arm.

»War nicht deine Schuld«, sagte Richi niedergeschlagen und mit feuchten Augen.

Marco ahnte zu diesem Zeitpunkt noch nicht, dass diese Geschichte zu einem Bruch in ihrer langjährigen Freundschaft führen würde. Richi war verbittert und gab nicht ihm die Schuld an Babsi´s Schicksal, sondern jemand anderes.

Jana zögerte, weil Richi sie mit sonderbarem Blick ansah, und blieb deshalb mit Marco noch etwas länger am Grab stehen.

»Ich möchte weg von hier – ganz weit weg!«

Marco blickte Jana verliebt an.

»Jetzt, einfach so?«

Jana nickte kurz mit dem Kopf.

»Nur mit dir allein!«